U0041426

山女孩 Kit

沒有名字的那座山

The Mountain on Your Mind

推薦文——不只是山女孩

莊鵑瑛（小球）／歌手、自由創作者

我曾被現實狠狠拋下過，它沒跟我說任何一句話就要我等候，無聲的現實不斷提醒我「拿得起就要放得下」。始終不願承認事實的我，既自卑又驕傲，只想用自己的方式在平地上苟延殘喘地活著，直到受不了，就從日常中找到破綻，為自己身心靈大鬧一場。有時，契機與轉機還真是並存著來。

這樣的不安與焦慮帶我認識了Kit，那回魯莽地答應一起登山，讓我看見山友們鼓起堅定力量，腳踏務實步伐，抱著毫無遲疑的認真與對山的尊敬，將身上的負重與身體合一上山，頓時神聖感油然而生。

我從未在任何運動項目裡找到樂趣，以為登山的最終目的就是為了攻頂，

那次過後，才知道這是一門回不了頭的生命教育課，而她是那次的嚮導、引路人。在山上建立起的信任與友情蔓延到山下世界，我們聊天、大笑、吃吃喝喝，把某部分日常拿出來配咖啡與鮮奶茶，再把某部分的情緒拿出來配生菜和餐點。

Kit的神奇魔力不知道是被山海所影響，還是天生下來早就具備的。當她面對生命賦予的任務時，總是能帶著「堅定且溫柔」的態度面對。她一向清楚知道自己要幹嘛，要怎麼做到，要怎麼堅持；她願意等待，也懂得積極；她努力不懈，不肯放過自己；對生命的理解像是一本已經寫好的系列書籍，而她只需要優雅走過去即可；她，是我以後想成為的樣子之一。

我認識的她幾乎不迷惘無助，於是聽她說話總獲得安撫，閱讀她的文字總獲得某種釋放，文字裡的真真假假同時滿足我的想像和窺探，就像山在說話，說什麼話，對誰說話，也是一種我的想像。

她不只是山女孩，她是獨一無二的Kit。

推薦文——寫給你心裡的那座山

蘇乙笙／作家

小時候爺爺總喜歡找我登山，對山的印象停留在那些蜿蜒陡峭的路途，那些每每喊著體力透支、要停下的腳步。長大後發現人生也是這樣，想要達到登峰造極之處，勢必要先走過一段漫長和迷惘的風光。會有迷霧，有溪流，有鳥鳴，有生命萬物的生機和期許，也有正在前進的你，出發更遠的他方。

淡蘭古道、七彩湖、阿里山、任何一座最靠近你的郊山，Kit用柔軟而平靜的文字訴說每次山間的旅行，其中流動的情感，以及心境上的體悟。她在山裡前進，前進是一場耐人尋味的過程，每一次的前進都會有意想不到的驚奇，每一次的前進都需要與自己來一場深度對話。過程當然免不了舉步維艱、膽戰心驚的路徑，可是穿越重重困難，便是柳暗花明。人生不也是如此嗎？生活對你百般刁難，後是苦盡甘來。

選擇上山，是展開冒險的流浪，亦是對生活熱情的浪漫。享受大自然的聲音，感受它帶來的力量，靜下心來聆聽，你會發現，其實你可以誠實地踏在這片純淨的土地上，去歌唱你的時光；當你對生活有些失望和挫折，你可以被寬恕、被原諒，你可以擁有再一次的力量；而當你迷失在途中，你是可以依著心意去尋找，你可以得到堅強和擁抱。

這本書彷彿是寫給山的情書，更甚是作者本人的成長手札，寫給台灣，寫給四季，寫給明媚風光，寫給生活，寫給平凡無奇的每一個你。

我們都在山途中，我們都在找尋那一片屬於自己的平靜風景，找到自己心靈裡的璀璨祕境。

推薦文——登山，看的是風景，也是自己

蘇益賢／臨床心理師

大學二年級的我，曾因對大自然的嚮往，參加了學校的登山社一年。受訓那一年學到的知識，早已因時間而慢慢流逝。但看到Kit在書裡提到「霞喀羅步道」時，許多回憶卻不停湧現出來……這條古道，正是當時菜鳥的我，第一次實戰考試的題目。

回首那段最靠近山的日子，我仍深深記得：登山是一趟必須認真的旅行。認真的第一個意涵，是技術上的。裝備、地形、氣候、衣著、飲食……眾多影響登山安全的因素，都必須在事前詳加檢核。在登山社的那一年，我發現學長姐各個像是「高山版」的馬蓋先，總能滔滔不絕與我們分享各種攸關生存的

「高山冷知識」。爾後，我才慢慢理解這些know how，正是出於對山的愛，一點一滴累積起來的。

認真的第二個意涵，是心理上的。許多登山的人常說，在山裡，你會「看見自己真正的樣子」。山，就像是一個迭起更為密集的「人生舞台」。地形、氣候、植被、隊友、天數……不同元素排列組合後，總能碰出不一樣的登山感受。而這些不同的感受，配上在山裡看似無盡的步伐，往往容易讓登山者開始各種思考：我是誰？我為何而爬？我與山是什麼關係？

我印象最深刻的感受，則是一種「自我感」的轉變，那是心理學家稱為「敬畏」的體驗。在山裡，時間與空間的質變，一再提醒著你，人類是多麼無足輕重。這種心靈上的洗滌（或者更該說是衝擊），應該是不少登山迷們，每次下山後就心癢的原因吧！

愛爬山，也愛寫山的作家羅伯特．麥克法倫曾說：「山所具有的任何情感屬性，都是人類的想像力所賦予的。」山就像是一面鏡子。在山裡，我們看見的既是「山」，更是「自己」。那些我們所感，所驚訝，所思，所駐足……所有因為山而有的感受，其實都是讓我們更認識也更靠近自己最好的素材。

在還沒有機會親訪山林之前，翻翻這本書吧！你可以在書裡，看見山；更有機會，在某些片段與角落，看見自己。

目次

輯二 秋之山

輯三

冬之山

輯四

春之山

這一年因為疫情，在台灣的時間多了，去了好多地方，也漸漸更認識彼此。

當初的希望，達成了幾個呢？

心裡想做的事，一定要說出來。話語在空氣裡會產生重量，情緒開始沉澱，思緒往前釐清，使得妄想看起來竟有如日常。

你還有些話想說嗎？

——二〇二〇年十二月二十三日，摘自日記

我一直告訴我自己：「必須冒險」。就是為了這一刻。

輯一 夏之山

我已經不一樣了。

我曾一個人走得這麼遠，在雪地，在山巔，

在有和沒有之間

被撩亮的日子微微發光
在疲憊與微笑中演繹
放我在一去不返的位置
有和沒有之間

想屏氣卻嘆息的呼吸
離岸的船、飄散的雲
多麼微小的距離
我卻掂著腳尖遙望　瞇著眼睛
有和沒有之間

想說的話、勉強伸出的手
多想是誰把我撈起
從如止水的迷路中找一顆還在跳動的心
然後
能不能在乎我、愛我、保護我
就算
我還在有和沒有之間

請等一下

燃料用罄的推進器與火箭分離
休士頓準備要起立鼓掌時
請等一下

森林裡紅色的天幕被風鼓起
即將喝掉用雪水手沖的咖啡時
請等一下

離開嘉明湖的火車上
一個坐錯了位置但正在打瞌睡的女孩

長長的睫毛與無法克制的山下時差
打包的午後，沒有說話的攻頂爐　和
正在冒汗的蜂蜜檸檬紅茶
一起聽著夏日颱風狂妄的路徑

我突然轉過身　他來不及收回注視已久的焦距

嘖

時差、颱風、推進器、火車
你們能不能全部都等一下

我準備要愛上他了

笨蛋

你問
二十歲的妳是什麼樣的人
是個溫柔的人吧　我說
你呢？二十歲的你是什麼樣子

你說
那時候　走路步伐還算正常
肩膀沒有一高一低　也沒有同手同腳
心跳維持六十下　一樣只有左邊鼻孔在呼吸

既沒有能力綁架月亮　也還在練習向紅海伸出手杖
二十歲的我不像妳是個溫柔的人
又粗魯又莽撞
喝醉的時候吹噓睡過誰　夏天洗五次澡
持續像個笨蛋直到現在

哈哈哈，嗨笨蛋　我說
你白眼　笑什麼笑，妳才笨蛋
你一臉正經地說
妳知不知道憲法哪一條規定，笨蛋只能喜歡笨蛋

我歪頭
你吻了我

夏天的池畔

春天跟著四月解散
你的誓言下落不明
想擁有一陣風、一場雨
但沒有人會送我一座山

夏天的開始是長方形的浪
你的臉像是曾經聽過的故事
從前從前　在遠到根本到不了的山
有過一場我記得
但卻沒有談過的戀愛

沒有名字的那座山

「一棵樹在遙遠無人的森林裡倒下了，它會不會發出聲音？」

這是一個經典的哲學問題，他坐在黑暗的森林裡問我，我說這片是我的森林，我一定聽得到。

「那如果我在海裡哭泣，妳能看見我的眼淚嗎？」

我是在一個夏天認識阿昶的。阿昶不特別喜歡山，登頂對他來說沒有附加意義，他也不覺得每一座山的百岳排名與難度有差別。

「在海上，我們不會為某一道好浪取名字，」阿昶說：「它來了，我就在它裡面，和它融為一體。我就是浪，浪就是我。」

山不是這樣的。我沒辦法說我就是山，山是我，我也說不出口我和山融為一體。

山的故事太長太多，有一次在雪山西稜的帳篷裡，半夢半醒間，我側躺的耳朵似乎聽見低頻次重音的鳴聲從地底發出，整座太年輕的森林正在悲傷。台灣已經鮮少古老的森林了。破碎的林道一車車運走整條山脈古老的羽毛，它們變成鳥居，變成廟宇，變成家具。但我相信不論它們變成什麼，它們都記得自己的出身，就算它的原生土地是一座沒有名字的山。

在這座島嶼上，有兩百六十八座超過海拔三千公尺的大山，有一百座列名百岳，其餘沒有超過三千公尺的山，有的有名字，大多則沒有。

有時我經過百岳與百岳途中的山頭，它可能只因為比這山脈的主峰矮個幾公尺，所以沒有被列在山系親屬表中。山人走過它的時候不會停下腳步，因為它沒有被命名。

什麼時候我們有了名字？沒有名字的人，就不會被記得嗎？如果一棵樹在遙遠無人的森林裡倒下了，難道就失去聲音了嗎？

大抵是這樣，某一天，大家覺得你不一樣的時候，你還在恍惚，還在張望。你站在原地如同站在北二段鈴鳴山連綿迤邐的草原中，回頭望去中央山脈的雄偉宏大，覺得自己似乎才變成山脈的一部分，大家就突然給你一個名字，像是一張世界遞給你的證書，告訴你，你的血統與歸屬。

那些排名、那個名字，都是由別人定義，而我不願這樣定義你。

你有你睥睨孤傲的姿態，也有破碎脆弱的時分。張狂與傲氣自然是你的模樣，那是旁人簇擁的，激賞的，想要湧進推拱的；但我想要守護的，是你哭泣時流在海裡的那滴眼淚。那淚滴隱身於千萬噸的太平洋浪湧中，和海一樣藍，也一樣鹹。我知道我分辨得出來。

只要我想要看到，我就可以看到；只要我想聽到，我就可以聽到。一棵在森林深處倒下的樹、一滴在海裡的淚、一陣吹拂過臉頰的風、一個曬燙手臂的夏日午後，屬於你的輪廓，我始終記得。

過了明天，那就是別人的故事，就算情節是你寫的。

我不願記得別人給你的新名字，因為所有的結果都將迎向一個更新的你、更高的你，但你還是你。

當你展開翅膀如大雁飛翔時，你要記得沒有名字的那座山，當初一覺睡醒、你立誓飛越的地方。

我只能在森林裡，

找尋一片落葉負載的想念。

步道上的日記

霞喀羅，Syakaro，蜿蜒在霞喀羅大山北端的林間谷地，全長近二十三公里，黑色的曙鳳蝶飛翔著。

喜歡霞喀羅，這是一顆樹、一條溪、一座山、一支泰雅部族的名字。我一來再來，走過竹林、吊橋、駐在所、小溪、大山，穿越自溪谷蜿蜒而上的風，淋著夏日午後固定降下的雷陣雨。

天幕下的午睡，晨起的鳥鳴，與松煙和月光揉成一首詩。大雨過後，我坐在溪邊，寫著霞喀羅日記。

—之一　無所事事的事—

霞喀羅的探險行程，每天午後三點前一定會結束，回到營地後便開始無所事事。

無所事事的時候，到處在營地摸摸探探，金眼睛的我找到一個完整漂亮的「脫殼」，一時分辨不出來是什麼種類的昆蟲，但確定不是金蟬。三百六十度拍照後，把殼放回樹上，又開始窸窸窣窣地撿起和鉛筆一樣細的小樹枝，決定來升一升火。

午後的升火和夜晚的營火不一樣，沒有烹煮的抗餓壓力，就只是要那個氣味。把小巧的焚火台組裝好，有一搭沒一搭地放進樹枝，鬆鬆地聞著那氣味與煙。看膩了火，就回去看一下書。

下過雷雨的午後，夏風涼爽，裹著睡袋便在松枝的氣味下短暫失憶，爾後又被蟬聲喚醒，便起身走去溪旁看雲起。山谷的風襲來，撩撥一身，我坐在溪邊閉上眼睛，不一會兒溪水便凍得使人受不了，速速取水後離去。

我到底不是生來自由的人，無所事事的時候，總是忍不住找事情來做，真希望有天能夠體驗被自由追趕的日子。但又覺得被自由追趕的日子，一定需要更高的代價吧。我不是這世界上最富有的人，能揮霍的有限，若想交易這麼多的自由，只能拿出最珍貴的寶物。

對我來說，能拿出來與自由等值交換的，只有愛吧。

— 之二　書裡的事 —

到哪裡都要帶一兩本書，山裡也是。一本若是新書，另一本就必定是翻熟的。看到有感的段落或字詞並不習慣用筆畫線圈起，想要鉛字印刷的行與行之間保持原有的呼吸通道。在山裡會特別選擇泡在丟失、曖昧或孤獨裡的書，許多的描寫在空無一人的步道上讀起來更顯親密：

「如果想獲得內心的自由感，就需要大量的空間和獨處；還需要對時間的主導權、全然的寂靜、清苦的生活，以及垂手可得的地理美景。」——席爾凡・戴松《貝加爾湖隱居札記》

「有人說我們別無選擇，不管怎樣，我很慶幸自己能夠在野地度過年輕的時光。如果地圖上沒有任何空白，就算我們擁有四十種自由又有何用？」——奧爾多・里奧帕德《沙郡年紀》

不擅長在人前說話的我，渴求安然的獨處。幸好那些空間、寧靜與孤獨，還有幸福、絕望與平靜，霞喀羅早就有了。

─ 之三　無可奈何的事 ─

大哥大姐一大早就很有元氣，「走過路過不要錯過」的念頭非常執著，所以在步道上看見紮營的我們總會關懷一下，多問上兩句。

當然，我們是有禮貌的好孩子，除了會主動道早安，也總是有問必答。但就像工作聚餐的火鍋裡，還是有自己絕對不會放的火鍋料一樣，有些東西無論如何都無法夾到碗裡，這些火鍋料分別是：

「年輕人！現在都幾點了？還在營地混，睡太晚了喔！」

（其實我們剛從霞喀羅大山下來呢！）

「只有兩個女生，怕死了吧。要不要像大哥這樣的男子漢當護花使者？」

（呃，有些男生還需要被保護好嗎？）

「坐在椅子上看書？站起來多運動啊，不要這麼懶惰！」

（重裝走進來紮營已經有運動了啦！）

「哇，煎香腸怎麼這麼香，一支多少錢？有沒有賣冰可樂？」

此時心中已經沒有獨白了，沉默乖巧地給予尷尬又不失禮貌的笑容，高高地把青春的臉龐昂起，讓某些格外關愛的問題失去回應，垂直摔落。

真的很抱歉，喜歡食物的原型，坦率的讚美或是關心我都覺得非常美味，這些包裝加工過後的語言，太鹹太化學，有時候真的無可奈何、難以下嚥。

—之四 比皇帝還要大的事—

晚餐煮食時，大家的眼睛直勾勾地看著火焰，溼透的樹枝伴隨著白煙與火星，等煙散了些，火花便像妖精般地扭起了腰。

升火，除了沉迷於火焰的躍動，還有聲響與氣味。這次先在山下準備好肉醬、熱狗與雞胸肉當作主菜，用鋁箔紙包好帶上山，準備搭配法國麵包與蔬菜米飯。主菜放在小小的焚火台上加熱，松煙便縷縷包圍網架，幫食材增添新的風味。

食物吃起來有煙燻的滋味，是很奇妙的感覺，像是你整晚聞到的氣味進了嘴裡，突然變得具體。然而深深咀嚼，卻說不出那是酸甜苦辣的哪種滋味。

想起吳明益說，解釋神韻和解釋美一樣難，若拿出了解釋的套索，當場就驕傲地想自殺，詮釋顯得既虛幻又不可靠。我覺得要一一說明，如何從味蕾中萃取出被浸染的煙燻氣味，那語言將變得一樣虛幻且不可靠。

畢竟那是一縷煙，從乾爽的松葉枯枝、森林的深處飄起，混進了滿空的鳥鳴、灑落的陽光，倒入深深淺淺、遠遠近近的那綠與這綠，連同昨晚那場大雨留在帳篷上的露珠點點。我啊，是連同整座森林，一起吃下。

—之五　被好好招待的事—

這幾天步道疏疏落落、鮮少山友，甚至有一連好幾個小時只有我們，於是被霞喀羅當成貴賓好好招待了。這幾天來，共看到了一條蛇、兩頭羊、三隻小山豬、一群野小雞。

先聽到上方短促的一聲獸鳴，還沒有反應過來可能是什麼動物，斜坡上的草叢便劇烈搖晃、大聲作響，然後是樹枝被踩斷的清脆聲音，直覺認定是大型動物。前幾天剛入山的時候，才看到山豬媽媽的大屁股帶著三隻小小豬，兩個女生便站在步道中間不敢移動。

突然從頭頂「蹦！」的一聲，跳下來一隻深褐色的山羊，把步道當成中繼跳點，又倏地往下一段斜坡跳去。第二隻也跟著「咚！」地跳下來。這次牠站在步道上停了好一會兒，水汪汪的眼睛咕嚕咕嚕地打量我們，小小的毛尾巴不停地擺動，耳朵豎起又放下。

彼時我盼望人類與所有自然生物能和平相處，我寧可那陌生好奇的神情永遠停留在陌生好奇，我寧可那雙水靈靈的眼睛是想要認識我，那暫停是鼓勵我往牠更接近，彼此間沒有任何恐懼陌生，所有的距離被消弭。

我多麼想住在霞喀羅啊，我不是鳥，但也有翅膀，我是一隻飛得像鷹的蝴蝶。起霧的初夏清晨，太陽微微升起，森林裡閃耀著溼潤而嬌嫩的綠意，是濃密的苔蘚、搖擺的竹林。我乘著溪谷的氣流拍翅滑行，擁有霞喀羅溪。

一條步道的魔幻結界，
彷彿一個特殊的記號。

另一種出發

「我們可以趕在天亮前出發嗎？」小球問。

凌晨三點，只剩我們兩個人在三六九山莊，山屋空蕩蕩的，有回聲。我沉默了一下，心硬起來搖搖頭。第一次到雪山的小球沒有放棄，聲音軟軟地說：「我真的好想在星空下走進黑森林喔。」

我沒有說話。

下山後，小球聊天時都會提起：「雪山那次，我真的很想登頂耶！」我總是笑一笑，沒有說話。她聰穎又好勝，執著而纖細，我知道她也許是要提醒我，當時不讓她上雪山主峰的決定是錯的。

那天清晨，小球都已經穿越了黑森林，都已經站在雪山圈谷遠遠地看著主峰，而我卻不斷勸阻她放棄上攀，也許那應該是錯的。畢竟小球還有體力，她還能走，甚至還大聲地在圈谷唱起歌，沒道理不讓她往前。

其實我一直放這件事情在心上，當大家都說山永遠都在，再上山就好了。話雖如此，那時候的小球，到底是什麼的心情呢？一直想要摸摸那顆寫著「雪山主峰」的大石頭，眼前既看得到終點，垂直而曲繞的路徑是如此清晰，陽光明亮溫暖地照射在往主峰的Ｚ字坡上，碎石金砂，閃閃發亮。

站在圈谷的我們瞇著眼睛抬頭望，她下意識地用手指搓揉身旁玉山杜鵑圓厚而深綠的小葉，那時候的小球，在想什麼呢？

那天清晨五點從三六九山莊出發，還沒有到七．八公里處的黑森林，我們便在一處斜坡上看見一隻長鬃山羊。正逢日出，金黃色的草坡襯著後方黑色的品田山與池有山。我不敢驚擾牠，動作緩慢地拿出單眼，靜悄悄地跪在草叢中的碎石上，腳尖緊緊抓著斜度，雙膝一公分、一公分地試探，試探牠的底線。

山羊安詳而閒適的背影，毛茸茸的耳朵先是警覺地豎起，爾後溫順地放下，馴良的眼神與我對視數次，甜蜜如水。我按了幾次快門，終於拍下滿意的照片，起身回頭就看到小球蒼白的臉。

她第一次上百岳，昨晚因為高度適應問題，胃不舒服而嘔吐了好幾次，此時眼窩下還帶著深深黑黑的倦意，但表情溫柔。

每當我想起這件事，因怕她體力不夠而阻止她登頂主峰的決定，我就會連帶想起這個畫面：三六九山莊前的山羊，黑色大山前那片金黃色的草坡，還有小球眼裡流動的溫柔。

我想，如果再回到那天，我會放手讓小球前進的，因為我知道山，但那時候我並不這麼知道她。

和小球結緣是因為《山之間》。

出版社問我有沒有心儀的作家老師，也許可以試著邀請寫篇推薦文。這麼奢華的問題，照理應該謙讓地搖搖手，但不知道我哪條筋不對，衝動地說：「喜歡的歌手可以嗎？」於是小球的字就這樣飄進我的書裡了。

收到推薦後滿心歡喜，寫致謝卡給小球時心臟砰砰跳，文末主動又膽怯地寫上：「希望有天能在山之間見。」怎麼也沒有想到能得到回應，小球沒頭沒腦地回我一句：「我是菜鳥耶，山女孩要帶我去爬山嗎？」

原本只是兩個陌生的靈魂，那時候我並不知道她這十幾年來，在新人輩出的舞台上需要多少勇氣持續奔馳，唱出飛翔的歌聲前需要擦乾多麼滾燙的淚，甚至為了堅持初衷，曾經忍痛與心中的王子說再見。

記得有次和小球在我家附近的河堤散步，經過公園時，她發現了一顆掉落在草地上的楊桃，我站在旁邊看著她舉起那顆小小的綠色星星，抬頭想確認哪顆才是楊桃樹（當然我們都分辨不出來），她那專注溫柔的眼神，和在雪山看到長鬃山羊的眼神一樣。

對我來說，認識的一開始小球就是顆星星。我不知道她從何而來，不知道星星在成為星星前，曾經是什麼呢？

認識之後，漸漸明白小球閃閃發亮的原因，因為她總是知道自己是誰。

妳是妳，妳不需要任何人的保護，妳就是妳自己的英雄，而妳應該要相信這件事情，妳要比任何人都相信這件事。

下次如果再出發，我會由妳決定妳的終點，而每一次出發，妳都應該自己決定妳的終點。因為別人不知道妳能有多堅強、不知道妳的能耐，生命裡那些起起落落，妳不都這樣過來了嗎？

也許他們知道所有事情，但他們不知道妳。妳是隱形超人，看起來平凡卻擁有這麼多力量，不需要誰帶妳去終點，妳要的星星，妳可以摘給妳自己。

只要妳想出發，妳就該出發，而且這次，妳一定會一路走到妳想要去到的地方。

二〇二〇年六月，
日出時與小球出發，
在三六九山莊外遇見長鬃山羊。

優勢＝劣勢

山下習慣有氧運動，靠著跑步與游泳維持一定的體能，但不知道怎麼搞的，最近上山只要超過三天兩夜，下山後都會有背痛與膝蓋疼痛的問題。不管中醫、針灸、推拿、西醫、物理復健都不見好轉，醫生便建議這幾項運動都暫停一陣子，先試試看其他的運動。

我閒不下來，就向同事打聽有沒有口碑好的私人教練，想嘗鮮這已經風靡好一陣子的健身訓練。

第一堂課，教練仔細地訪談我目前的狀態，檢測體態與動作後，發現我因為肩關節內旋與腳背下壓的習慣，而導致胸椎與下半身有不同程度的代償，他反覆端詳檢測動作的影片許久，問我長期習慣的運動。

教練非常有耐心地聽完我的運動史，又追問了幾個問題後，說大概理解了，應該是因為長期的某項運動而養成的「專項優勢體態」，造成另一項運動的劣勢。

「像是自由式划水時，透過手指開始啟動的肩關節內旋動作，柔韌的肩關節能有效延長整個手臂到指尖的前伸過程。

「但是，」教練示範自由式往前划手插水的姿勢繼續說：「抓水時肩膀向內旋轉，這個有效率的優點，有可能會是爬山負重的缺點。可能肩關節過度前引，未有好的排列，上山時過度負重，就會帶給其他關節額外的負擔。就像妳打水長期下壓腳背的習慣，會讓足弓緊繃，而影響跑步一樣。」

我愣了一下，原本只是想要透過阻力訓練來加強肌力，看能不能幫助到日後長期的縱走計畫，怎麼才第一次上課，就有種附贈了哲學啟發、探索思維的感覺（覺得賺到）。

原來過去所有的好，某一天或某一個時間點，將轉變成為包袱，像是青春無畏，年輕時敢衝又敢說，把大事當膽識的自信，當轉折進某一個時間點後，就會變成冒進莽撞，恣意妄為，一條像中央尖的拉弗曲線。

當然，我希望有一直創造新制高點的超能力，最好把一條又一條像山的曲線連成一條聖稜線，讓一切都停留在最美最耀眼的時刻，但我猜想，那是不可能辦到的。我既沒有得到上天的過分寵愛，還經常懈怠慵懶地饒過自己。要一直待在那麼高、那麼冷的地方啊，那肯定是需要罄盡天地的竭力勤奮。

既然會往下，那麼努力學習如何往下，對我來說就變得格外重要了。有意識地穩定腳步，慢慢移動往那劣勢，了解退後的餘地。比起毫不節制、拚了命地往上衝，有時候下坡的智慧與速度，可能遠遠比上坡重要。

這世界不會永遠站在我這邊，一切發生都只為我變得更順遂光明，於是我要怎麼不壞得那麼徹底、那麼狼狽，預知本來就會到來的結局，而以優雅安穩的姿態退場，完好且鮮少損傷。

在我還沒有找到更適合我的路徑之前，學會平靜地面對撤退，或是原地踏步的生命體驗。從中釐清我的優勢與劣勢，儲備好耐心與智慧，靜待著下一次的山頭再起，這似乎比較接近我現在的課題。

隨時準備好自己，

了解往前的意義與退後的餘地。

中央山脈的心臟

那是一百公里。

這一百公里，將往返台灣布農族最後的聖地。溯過濁水溪支流、一條飛躍的瀑布，步行過長而遙遠的林道、連綿的坍方與崩壁，越過好幾個山頭後，我會擁有一座高山湖泊。

經過一場雷雨就足使致命的落石崩塌，可能需要躲避夜間狩獵的子彈，遍尋不著早已被阻斷或裂移的步道蹤跡時，我將與獸徑一起展開無止盡的高繞。

我會睡在山巔處、松林裡、箭竹叢中、脆弱的砂岩層上，背著十幾公斤的背包，和身上黑色的襯衫，一起隱沒在沒有星星的黑夜。清晨醒來，我將看到七彩絢麗的日出從清秀的湖後探出，大群水鹿在朝霧中漫步，中央山脈從地底深處，發出類似遠方鼓聲的心跳聲，如海上的大浪，往我襲來。

我打開了地圖，看著台灣的正中央，我要去這裡，我想親眼看看中央山脈的心臟。

開始清點裝備，將帳篷、天幕、睡袋、相機、墨鏡一一打包，放進五十公升的背包中，塞進雨衣、短褲與涼鞋，前往一座來回一百公里、五天四夜的高山湖泊。

我迫不及待地迎接肩背的重量、遙遠的步道、未知的營地。

—第一天　風帶來的消息—

中央山脈主脊自安東軍山以南，第一個三千公尺左右的高山名為六順山，是第九十九座被點名入台灣百岳清單的高山。

七彩湖，位於南投縣信義鄉與花蓮縣萬榮鄉交界處的中央山脈主脊上，為中央山脈的心臟，各界山岳前輩於民國六十年六月二十六日，兵分兩隊縱走中央山脈，南北隊伍會師之地就選擇此處。

不用想像，光這段歷史，就知道一定有令人心碎的絕世美景。去了這麼多大山，看過磅礴震撼之巔、迤邐綿延之巒、壑谷瀑布、森林隙光、漫天的落葉、飄然落下的雪，這麼多直搗人心的美。我嚮往著七彩湖。

二〇二〇年七月，因為疫情取消國外徒步一個月的行程，我、ＹＯ、黃捨與慶，滿懷著期待溯過深及大腿的丹大溪，經過二〇〇四年被敏督利颱風毀損的孫海橋遺址後，就算是正式踏上丹大林道。今天的行程約莫二十四公里，走了十個小時，歷經豔陽與暴雨、溽暑與寒冬、中暑與失溫。

啟程時微風徐徐，跨完溪水的身體仍沁涼，但快到十點時就感受到盛夏的威力，雖蟲鳴鳥叫、蟬聲蝶飛，但衣服是溼了又乾，水喝了好幾公升仍解不了渴。炙熱的烈日曬著我們無心的眼神，六隻山羌的屍體連續曝曬在步道上，因為沒有風，走近時才聞到強烈的腐敗氣味，在屍體旁織成一股不會流動、濃密而混濁的空氣蛹，一路走得怵目驚心。

走到三分所才中午十一點，四個人臉頰紅通通，被曬得頭昏腦脹，眼神慵懶然，完全沒有胃口地躺下，睡了一個又長又沉的午睡。半夢半醒間，聞到空氣中突然有些泥土的氣味，微弱地從地表蒸發。

風先帶來雨的消息，薄薄的一層水氣就覆蓋在被曬傷的手臂上，接著步道上的植物染成深綠色，空氣裡含水量的變化，它們最知道。雨的形式有千萬種，在風裡、霧氣中、層雲間，但當第一滴水珠落下的時候，雨才可被覺察。

而這場雨，從第一天下到第五天，從來沒有停過。

—第二天　整人節目—

六分所醒來。

溼氣很重，淋了整天雨的裝備，過了一晚，竟沒有任何乾的跡象。從六分所二樓看出去是一片白牆，昨晚貪圖涼快，下榻在最外面的房間，晚上風雨飄搖，竟也打進有些破損的窗內，滲透至牆壁的溼氣把睡袋也弄溼了。

從旁邊的森林往台電招待所的方向出發，將經過台灣最高的廟宇。海拔二三七四公尺的海天寺裡，供奉著地藏王菩薩等神明，而廟宇對面則是孫海招待所，我們就在此休憩吃午餐。

暑氣夾帶著高溼度，將下未下的雨使胃口盡失，只想喝水。昨天是過午才降下陣雨，今日則往前提前一個小時，中午就下了。第二天行程約二十八公里，路程雖平緩好走，但因為地質的關係，步道的排水似乎不是這麼好，一開始還會試著跳開坑坑疤疤的水窪，走久了也就無所謂了，就一步一步踩下去，反正雨早就把心浸溼。

第二天的步道被森林包圍著，偶爾經過路旁丹大林區的伐木遺址。我、ＹＯ、黃捨與慶已經是第三年的結伴縱走，每次都是百公里以上的長度，熟稔彼此的體力與速度，徒步時雖然不會時時刻刻見到對方，不過只要配速穩定也不拉長隊伍，先確定好每一個階段的集合地，就能安心地獨處，在步道上與自己對話。

從海天寺出發前，便說好接下來就在第二隧道集合，準備在隧道口躲一下大雨。一直到遠遠看見了隧道口，我們四個人才放慢了腳步，疏疏落落地聊起天來。

我漫不經心地左顧右盼，注意到步道前方轉彎不遠處，左邊下方一處鋪滿青苔的小平台，有清晰的鹿跡。因為連日的雨，岩石蔓延出一片柔軟綠蔭，那像幅畫的綠幕，爭取到水分允許的自由，變得更厚實亮綠，歡慶地承接連日的雨水。各種苔蘚流動占據森林裡新的地盤，即便是被經常踩踏出來的鹿徑，也不放過覆蓋的雄心。

草叢裡一陣突然騷動，一隻體型碩大的雄鹿一躍而上，跳到我與黃捨的中間，漂亮的鹿角遠遠超過我的頭頂，頸背優美而挺拔，肩高約落在我的胸口，比在嘉明湖看到的雄鹿還要高大。

牠先是優雅地回頭看我，眼神中有預料到我驚訝的表情，彷彿一位巨星在演唱會壓軸表演，享受整場沸騰與震耳欲聾的安可聲後，那般理所當然的神情。不過當牠往前望，看見不到一公尺遠的黃掛背影時，著實被驚嚇到似的，往退了幾步，差點就撞到我。

沒和野生動物這麼接近的我，整個人慌張了起來，叫了一聲，黃掛回頭之後也叫了一聲，低沉而雄厚的男聲更讓水鹿嚇壞了，像貓咪一樣，弓起背從地面上驚跳起來，突然拔腿狂奔！

落荒而逃的狼狽樣，加速中還差點撞上最前頭的慶，看著雄鹿緊急煞車，突地改變方向，差一點摔跤，大家竟笑出聲音來，覺得像是看了一段事先架好攝影機的整人節目，真是有趣極了。

─ 第三天　山沒有保證所有的事 ─

大雨、白霧，六順山就是這樣。起起伏伏上上下下低低高高，藏身在箭竹林裡、獸徑裡、樹叢裡的六個山頭像惡魔，派出最悶熱的夏季陣雨，綿密、鏗鏘地落下，並且阻塞你任何張開的毛細孔。

箭竹林裡看不到路徑，我不知道我要相信什麼，會不會到後來我只是想證明自己來過這裡。明明爬了這麼多百岳還是忍不住虛榮，知道是白牆，知道下雨，知道山頭絕對是零展望，這麼努力卻為了一張和三角點的合照，覺得自己真可笑。

回程一樣上上下下的六顆山頭，愈走愈氣，氣自己的世俗，氣自己的到此一遊。老天竟配合起我的怒氣，下起更大、更滂沱的雨。雨勢和迷霧使我們什麼都看不見，能見度只剩眼前一公尺，於是便錯過了地圖上七彩湖的紮營地，只好在光華復旦碑附近隨意找了一處平地紮營。

已經是第三天了，雨沒有停過，加上一路上一直都是我們四個人，再也沒有見到別的山友。各自躲進帳裡之後，就再也沒有出帳了。

午後，單層帳裡也下起了小雨，呼吸間充滿了悶熱的溼氣，拿著頭巾重複擦拭帳篷內不斷反潮滑落的水滴，擰乾後再擰乾一次。重複又重複的機械式動作，不知怎麼竟平靜了內心的焦躁與浮動。一個轉念，覺得六順山其實不難，難的是過不去自己的那關。

山本來就沒有保證所有的事情，包括三角點存在的價值。怎麼賦予意義，那端看你怎麼看它。有些事情，明明知道做了沒有用，但還是想做，也許只是想要證明自己是做得到的，這樣也很好。

日子不也是這樣？生活中的某一個微小時刻，我們證明了自己存在的價值，即便當下沒有人在意，那也沒有關係，生命本來也沒有保證所有的事。

中央山脈的心臟，
遍地長滿毛地黃。

—第四天　不只有霧—

七彩湖又是另外一件事了。如果說登六順山是類似日常瑣碎的堆積而產生的體悟，那麼七彩湖便是「知其不可為而為之」的必要。

七月二十九日，清晨五點在帳篷內被水滴打醒，睡袋上、外套上、睫毛上厚厚的一層水氣。還不想醒，閉著眼睛坐起身，後腦勺緊貼著帳，附在內壁上的水滴就順著頭髮流進脖子裡。

每日天亮的時候，濃霧就從樹稍最頂端的葉子滑下，使我們穿不過這場雨，將我們困在森林裡。雨擦拭掉聲音、信念、物體的輪廓，我打開帳篷，只看到扎實的濃霧，和來回踱步、焦躁的黃掊。

這也難怪，都走到第四天了，我們都只能在大雨中前進，就像被流放到西伯利亞的戰俘，無需設下屏障與界線，那無窮無盡的荒原與地平線，就能摧毀一個人對自由與滿足的定義。

我們將溼答答的帳篷收進背包中，在大雨中折返往昨天錯身而過的七彩湖。不能不去，即便我們知道那裡只剩下霧，但我們也知道我們還可以得到些什麼。黃捨走在最前面，四個人緊緊挨著七彩湖偶爾召喚的湖光靜靜走去，未來總是有更多我們看不見的事。

到了湖畔，按照往年慣例，我們都會錄下一小段影片當作日記，記錄這幾天縱走的心情。輪到黃捨的時候，他拉拉自己的衣服說：「這一年因為疫情的關係，沒有辦法到國外縱走，不過走這一百公里，其實滿有過去兩年走約翰・謬爾步道的感覺。今年天氣這麼不好，為什麼我們沒有改期，其實是有其他意義的。」

他清清喉嚨：「過去的這兩三年，不只是在台灣，我們每年都會一起出發走上好幾百公里。其實，我們走了好久好久的路，有時候會覺得，真的，走得好累。」

黃捨停頓了一下，對著慶說：「這兩年多來，謝謝妳陪我走過這麼長的路。這些路，都這麼艱困、這麼辛苦；沒有妳，我一個人是辦不到的。今年的七彩湖，就算是下著雨，也一定要來的，因為它是中央山脈的心臟，而妳是我的心臟。」

然後，這個大男孩，從口袋拿出鑽戒，在七彩湖畔跪下來，對著他的心臟說：「我們結婚吧。」

—第五天　吸引—

我垂著眼，一臉溫柔。

杉樹的種子被一片厚苔蘚接住，整座森林的綠蔭就開始擴張。森林帶來鳥，風帶來種子，於是步道就被富饒圍繞著。夏天的丹大林道開滿了高大紫色如鈴鐺的毛地黃，有趣的是毛地黃又稱做心臟草，是醫學上重要的心臟用藥。

生命吸引生命，療癒吸引療癒，我們被中央山脈的心跳聲吸引而來，徹夜聽著如鼓的雨聲。如果種子被森林接住，那麼我們就是被愛接住，我們信任愛，愛無法被解釋，但愛可以解釋所有的事情。

我看著黃搭與慶並肩而走的背影，突然想起你。

想起你的邊際效用遞減理論，想起你說有時而盡，總是佯裝得很有道理。其實你並不困惑，你只是不習慣決定權不在你、連續失重的感覺。你說那讓你害怕，所有行為進退失據，給你一條直線，你也無法走直，眼看就要墜落。

你沒有見過愛，所以沒有他山之石、前車之鑑。沒關係，讓愛解釋你。

這就是你愛我的方式，這就是你被我吸引的樣子。

心吸引心，愛吸引愛，你儘管失足，我會接住你。

山從來不是起點或終點，
目的地是你自己。

只是為了，夜裡不感到孤單。

我好像沒有說過我們怎麼分開的。

輯二 秋之山

我們必須換季。在大雨中往未知奔去，好幾天整夜沒睡，

收信

我想寫封信給你
不聊太多日常　就寫蝴蝶
我告訴你蝴蝶是一朵花的前世
它拍翅的時候也載著死去的靈魂

我寫封信給你
不交代眼淚　就寫秋天
風吹來的時候　大雁在樹冠的浪間飛翔
而我保證能在海裡找到你的眼淚

寫信給你
不說明失眠　就寫想念
手語打出「水草／擺動／溪流裡／緩緩地」
而你經常在想　愛能有多愛

我信裡不能寫
你如何在我心裡緩緩地擺動
因為擁有
就是結束的開始

收信快樂

黃金時分

像果醬抹平了甜蜜
日出也抹平了憂傷
若蒲公英像顆大樹
我們就能乘著種子飛翔

生命從來不是只有活著
有時候寂寞　偶爾孤單
在輕飄飄的蒲公英日子裡
有重量的部分才是黃金時分

有風的時候

還沒有變成
你心裡期待的那個人
時間沒有帶走太多
我還來不及改變

天際黯淡的銀河
提早失眠的黑夜
森林漸傾的光束
照不亮遮掩的語言

現在秋天
走路有風的時候
請想起我

你好嗎

你好嗎
你醒來看著天花板的時候好嗎
閉著眼睛洗臉時好嗎
鏡子裡的你　好嗎

你好嗎
你聽著的音樂好嗎
你讀著的文字好嗎
你真的好嗎
你多久沒有說真心的話

多久不曾在街上牽起一個人的手
多久沒有一個心屬於心的擁抱
多久　多久
所有流浪的人　都只想要回家

生活的祕徑

凌晨兩點，把背包一背，開著夜車往台東奔去。

太想逃離台北，太想逃離被框架的人生，不想再瞻前顧後，今天我不要是我，我要成為青春的人。在副駕駛座醒來的時候，太平洋就在眼前了，安靜得像是高中夏日午後的那堂課，課堂上年輕的呼吸微微地起伏著，毫無懸念。

往台十一線公路繼續往前，行經郡界與北郡界之間，轉入原始的產業道路，抵達阿美族與卑南族人視為聖山的都蘭山登山口。登山口有個漂亮的展望，群山疊疊入海，一個深深的都蘭灣收攏起蔚藍的太平洋，東岸的海，那輪廓姿態總深邃地讓人難以轉眼離開。

阿美族口中「Dugus a du lan」的都蘭山，雖然是海岸山脈南段尾稜最高峰，但其實並不高，海拔約一千一百九十公尺。位於長年午後降雨的中海拔，霧氣氤氳，潮溼而溫暖，自然有豐富的林相，除了台灣中級山常見的筆筒樹與九芎以外，還特別有許多藤蔓攀附纏繞。因為常常在中級山見到垂直多枝的植物，這裡布滿橫攀生長的爬藤植物，眼睛倒是為之一亮。

沿著陡峭的山徑上上下下，走在其中有時還需要手腳並行，倒是不辜負它遠看時那挺拔陡峭的山勢。趕在午後大霧湧上前回到登山口，身體這時感到疲憊了，開著夜車奔來爬山的行程，果然是青春的人才會做的事。

我站在山路上，往那藍如深墨的海看去，想想生活中總會起浪，當在江湖中安身立命變成奢求時，誰不希冀能回到學校生活，貪戀那有下課時間、能喘口氣的時候。

這時候需要為自己創造一條生活的祕徑，就像是不打擾生活的下課十分鐘，去一處怡人的鄉間、找一座親人的郊山，輕裝起登。現實苛刻的生活與山之間只有一道上坡的界線，踏上了，就進入另一個結界。

我的祕徑在台東，喜歡它山間安靜不討好的空氣，沒有夏天觀光客的刻意隨興，任由人們遺忘也不彆扭的自在。秋日清爽的時候，我習慣來過個週末，其實沒有非要做什麼不可，只是像現在這樣，在都蘭山遠遠望著被防波堤改變流向的海灣，看著天空慢慢往海平線藍下來。

風大霧涼，雲霧帶的水氣在氣層裡遊蕩，還沒要落下。光影的折射，讓瞳孔滿潮了一窪太平洋。生活的祕徑輕輕巧巧，不需要迢迢置身於異國風土，冀望重生一個全新的自己；也無需拋下井然有序的日常，勉強投入無以名狀地放牧人生。

只要把像是下課十分鐘的喘息，放在口袋裡隨起而行，讓休息有開始也有結束，或許才是經營生活祕徑的訣竅。

我與想像一起進行了小小短短的流浪，心也向山。

夕陽時刻，

站在山上望向台東特別蔚藍的海。

像你這樣的男生

有的山適合一個人，有些山適合一群人，西巒大山肯定是適合與夥伴去的山。

我鮮少結伴爬山，兩人或是四人是我最習慣的組合，不管在交通或營位的安排上都簡單不麻煩。但這次，我加入了二十六個男生組成的隊伍，準備從雙龍林道上西巒大山。

七台車分別從台中、桃園、彰化、塔塔加、高雄一大早出發，中午抵達位於南投縣、以布農族為主、舊名「伊曦岸」的雙龍部落。從車上陸陸續續走下來二十六個身型精瘦、膚色黝黑、面孔俊朗的年輕男孩，青春的氣息猛然襲來，頓時讓我有些不習慣。

男孩們背著大背包，在準備下榻的部落民宿一樓，從容地或坐或站，安靜地聽著活動的規畫者說明房間名單與明天深夜的接駁車安排。不需要扯開喉嚨，沒有竊竊私語，聽著簡潔扼要的列點宣布，結束後井然有序地排隊，領取已經按照重量分配好的公糧與炊煮裝備。

我突然覺得這好像在當兵，如果我有當過兵的話。

說好是個三天兩夜的軟爛行程，第二天天亮前到雙龍林道登山口，先朝著海拔兩千兩百九十公尺，治茆山和西巒大山稜脈鞍部的停機坪前進，午後就抵達巒安堂紮營。海拔約兩千六百公尺的巒安堂其實是一間小廟，位於林務局巒大山林場、人倫工作站內，而人倫工作站則是台灣當時最高的林場工作站。

這一路都是寬大好走、舊時大型柴車可通行的平坦林道，兩旁蓊鬱的森林，寬敞平緩的松針路。我和三三兩兩的男孩結伴而行，拉長的隊伍疏疏落落，經常變化隊形。

有時候和這個你並肩走，聊起前情人，你說他唱歌多麼好聽；有時候和另一個你聊起目前工作上的困頓，你說：「說老實話，自由工作者才是真正的不自由。」

二十六個男孩，也是有鬧小脾氣的時候。

年輕氣盛，特別是男生，經常想著贏，話語中誰也不讓誰。有時講話直率了些，傷了那個走心的人，遠遠飄離的背影肯定是我追不上的。但不擔心，心碎的背影後有幾個腳程特別快的人，邁開青春的步伐，小跑步地往背影趕去。我陪著快人快語、漲紅著臉懊悔的你，一起慢慢踱步，慢慢後悔，慢慢疼痛。

我安慰你：「其實，若還能感到痛，應該是一件很美好的事噢。」

巒安堂一宿，你們快手快腳拿出專業炊具，熱著紅燒牛腩、薑母鴨、咖哩飯與香煎牛排，十組鍋爐蒸氣騰騰，倒像是以前鄉下常見的流水席，我樂得端著小碗與叉匙在帳與帳之間左尋右訪，到處蹭飯。

這個你招呼我去，為我煎顆麻油蛋；那個你高聲喊我，遞來一碗麻糬甜湯，或塞一杯熱紅酒在我手上；下午那個懊悔的你，在鬧哄哄的人群中找我許久，只想親自餵我一口親手做的奶油煎餅。二十六個可愛不藏私的大男孩們此起彼落：「Kit，Kit，妳快來，妳一定還沒吃飽吧？」

午夜搭上天幕就地合被，工作站破損的屋頂穿著滿天繁光，我們並肩橫躺著，手亂指著夜空，假裝懂星星，小聲談談心。整個晚上，我胃裡暖暖，心頭甜甜。

我從來不是個熱絡的人，怕生又小聲，依然說不出應酬的話，但我記得這二十六個男孩，每一個你的名字。每一個你既漂亮又剽悍，每一個你既溫柔又寬厚。

若有來生，我願成為像你這樣的男生。

秋日上西巒大山，
你們在雙龍林道的身影。
（攝影／張峻健）

生吐司族

十月。

台灣的秋天，一向都是涼風陣陣，秋陽清朗，最適合爬山。但二〇二〇年的十月，卻反常地多雨高溫，像是梅雨季。在氣溫三十度的秋日台北，傘下揮汗如雨，而傘外仍是雨。雨日通勤，真是苦了上班族。

我山下工作通勤之路如此漫長：早上走十五分鐘的路，穿過兩個公園到捷運站，然後搭乘紅色的淡水信義線，一路從綠蔭蓊蓊的高架路線轉進地下，至中山站換搭綠色的松山信義線，靠在車廂上悠悠晃晃至最終站，再從地底竄出，走一個馬路遠的公車站牌，等候轉乘往內湖科學園區的公車。

下車後走兩個紅綠燈的路程，抵達辦公室座位，前後已經花費一小時三十分鐘，未到先萎，返家亦然。

偶然興高采烈地準時下班，到家洗完澡已晚上九點，此時都還沒有進食，更遑論吃完不知該稱之為宵夜或晚餐的那一頓飯後，早就毫無閒情逸致，別說啟動悠悠思緒坐在鍵盤前敲打出文章了。

日子啊，到底要怎麼樣才能過得像詩篇。

十月與老闆深談，意外得到體恤的幾週長假，免卻日日舟車勞頓，要我好好養身寫字。我眼珠子一轉，只想往山上去，想狠狠地走個幾天幾夜的長路。腦中盤算身邊無業、能說走就走的朋友名單，第一個就想起索妮。

某年深冬因要前去尼泊爾安娜普納山區，在網路上收尋資料時，認識了正在進行環球旅行的她。熱切地與我分享她獨自前往聖母峰基地營健行的資訊與訣竅，便與之熟識了起來。

因為疫情的影響，這一年讓她中斷了環球計畫，從印度先撤回台灣。我們兩個人雖然早就認識，但從未見過面，是名符其實的網友，剛好趁這長假可以成行。

第二位最合適的人選，一定就要是乃勻了。那年夏天於太平洋屋脊步道上與乃勻相遇後，我們便展開了無從解釋但深刻的友誼。放長假前，我只是隨口問問她最近有什麼爬山的計畫，想不到她正巧就在幾天後，將啟程前往淡蘭古道中路。

於是索妮、乃勻與我，三個女生準備在秋天的北台灣，進行一趟三天兩夜的小縱走。

— 啟程　交織相會的網絡 —

擁有百年歷史的淡蘭古道全長近兩百公里，由四十幾條曲折蜿蜒的山徑所織成，其路徑綿密錯綜，是清朝時原住民、朝廷官方、海陸內地貿易、先人通商姻親往來之徑。

淡蘭古道分別有北、中、南三大路網，而其中淡蘭古道中路素有民道之稱，是由十幾條長短不一的古道串起，全長約六十二公里左右。北起基隆暖暖到宜蘭外澳，一路沿著上百座石砌土地公廟與平靜的北勢溪，往漂浮在太平洋上的宜蘭龜山島漫去。

好不容易得來的長假，我興奮地打包，準備好GPX軌跡檔與豪華的裝備，出發那天是個秋日敞亮的清晨，我都還記得。我們三個女生，截然不同的人生與個性，雖然第一次見面，卻像是相知許久。但沒料到和她們並肩走過淡蘭古道後，影響了我之後的人生。

—第一天　霧的更深處—

在基隆暖暖車站集合後出發，經過暖東峽谷，便算是正式踏上了步道。路途上偶有絲絲雨線打落，介於要穿雨衣亦可不穿之間；偶有縷縷陽光穿透，也介於要戴帽亦可不戴之間。

古道的石階溼滑，狹小的路徑長滿了血桐、雞屎樹、水麻、大花曼陀羅與月桃，牛角蕨和聖蕨則在高樹上肆意地掛起，筆筒樹與雙扇蕨則在路徑兩旁，像九份的紅燈籠往前蔓延，沒有間斷。

原以為這會是一趟輕鬆寫意的郊山之行，卻被殘留的暑氣與重濁的溼氣搞得氣喘吁吁。中級山的樹木密密包圍，北台灣的秋天斜陽穿不進古道，而風也吹不進由各種霸道的綠色植物所砌起的高高城牆。

這段充滿溼氣、落雨與汗水的蹊徑，彷彿熱帶雨林，把我圍困其中，上午才剛結束運煤台車鐵道一路，我便迫不及待地繞進十分老街，在冷氣大放送的便利商店，掏出背包裡所有的奢侈品，全數寄回台北。

乃勻和索妮是第一次見面，卻有十足的默契，一起取笑我特意留下來、捨不得打包寄回家的半條生吐司。

脆弱沉重，
也柔軟單純的生吐司族。

生吐司含水量高所以重，形狀軟綿，還要擔心被壓壞。乃匀屬於輕量化的硬漢風格，而索妮則是斷捨離的高手，她們多年的徒步與環球旅行練就了一身武功，一個夾鏈袋就能發展出各式各樣的用途，甚至能夠動手製作符合自身使用習慣的裝備，簡單的減法深植生活與身心。

她們看著我站在便利商店裡，拿這半條生吐司沒有辦法，放在背包上也不是，外掛也不是，表情既擔憂又猶豫，兩個人笑得東倒西歪，還錄影存證。不過被這樣的高手取笑也是應該的，我心裡雖有點不服氣，也只能搔搔頭，跟著笑得燦爛。

在職場上打滾許久，我總是保持高度警覺，不斷地評估自己和同事彼此之間的落差，常常覺得自己不夠出色而忐忑不安。幸好每一個階段都有幾位理想導師在身邊，近水樓台先得月，便想要見賢思齊，拚了命地東施效顰，恨不得能複製貼上。

但現實裡的大多時候，只覺得是往霧的更深處走，常常責怪自己無能、無力、資質不足，無法成為理想中的模樣。

和她們在一起，也是一樣的不安。

她們自由而獨特的靈魂，正是我現階段最理想的模樣，深受其吸引後，就貪心地想要沾染這些乾淨靈魂彼此震盪出來的巨大能量。這幾天三個人走在一起，若說速度，我總在她們一前一後之間，但談話中，我卻發現找不到她們之間、那歸屬於我的位置。

原以為，我也許在某一種生活型態或價值觀會比較靠攏乃勻或是索妮，但久了以後才看清楚，我根本就是在她們之外。

原來在山之間的時候，才發現自己在人之外。

—第二天　心之天幕—

昨天晚上臨時紮營在下內平林山附近狹小的營地，沒有水源，僅僅容下兩個小帳。早上我才將最後的水煮沸泡了杯咖啡，乃勻就已經將帳篷收攏打包完畢，背起背包等待我。

第二天往柑腳威惠廟方向，一早還沒有取水，索妮看見路旁流動的大水溝便毫不猶豫地蹲下，水壺往溝裡一撈，便濾水直接飲用，而我還乾渴著喉嚨，想繼續等潺潺流動的清澈溪流經過。

一路上我聽著她們的故事，乃勻在太平洋屋脊步道的雪坡墜落與堅持，或是索妮在西藏看著喜馬拉雅山脈升起的朝陽而落下眼淚。在我們行經多孔橋、梯田駁坎，穿越高大如巨人的廢棄洗煤場和無聲寂寥的泰平國小時，我就像是參與了她們閃亮亮的過去，並且在這些飽滿而豐沛的累積裡，也看見了她們理解夢想可能帶來的折損，與平凡日子的美好。

在這裡，我終於有點明白，我在她們之外的原因了。

一直以來，我都在光譜兩端不斷尋找自己的定位，期待在翹翹板的某一邊找到一處歸岸，現實工作中尤其明顯。在面對財務的不安與追求夢想的拉扯中，我一直以為生活就是必須有所退讓，有所妥協，才能夠找到兩邊完美的解答。

我從來沒有坦率地面對過自己，多重角色是否早已過重負荷，終將傾覆與失重。

我以為身分的斜槓是現實與夢想的雙重並軌，如此一來，我便可以從工作的穩定收入去支持夢想的推進，而不致擔憂生活。我從未想過，斜槓才是全面失衡的開始。

我不是聖人，我無法每日都悠閒地遊逛在角色與角色之間，職場壓力大的時候，我和所有上班族一樣，想著今天早上就請個病假吧，只要一想到要上班，心就痛到無法呼吸呢。而身為作家，遇到截稿日時，也是真心地厭惡起寫字，覺得寫出來的東西都是殘渣，自己就是個沒有靈魂的工匠，我只是個因為需要取材才進山的假文青。

真正喜歡的事情，也絕對會有累的時候；以為平淡無聊的事物，卻是成就

和乃勻與索妮在淡蘭古道的旅行，
影響了我日後的人生。

感的來源。我以前並不想要承認，但其實這才是事實。

我漸漸可以理解，一個人對工作的看法與生活的不安全感其來有自，無所謂對錯。我們無須立刻改變（通常也沒有辦法）當前所堅持的信念，但無妨停下來，站在原地看看自己。我們可以花一點時間仔細盤點現在需要什麼，而不是自己未來還能擁有什麼。

對夢想的追求也是，就算是做最熱愛的事情，我們也要接受自己會有累的時候，無需欺瞞自己或是他人。不要因為夢想是自己主動去追求與選擇，所以它的一切就該是完美而無瑕疵的，這完全不可能。

經過崩山坑古道沿著溪走，聽著乃勻和索妮分享對探索與綑綁的思辨，以及對自由和金錢的看法，我老是搖擺不定的心，像一張隨著風飄盪飛揚的天幕，漸漸停息下來。現實與夢想是撐起心之天幕的兩支營柱，而乃勻和索妮就是天幕四角所下錨的營釘，使我不再輕易地隨著外界風雨飄搖就離散，使我能穩定地撐開自己。

天幕有更闊綽的彈性與空間，隨處停下就可以遮風擋雨，它雖然不像帳篷有家一般的親密堅固感，但天幕的開放性，使其能立刻掌握外界複雜多變的狀況，也能完全流通陰晴風雨與空氣。

這就是我的心吧，沒有這麼絕對，太容易受外界影響，但這都是我的樣子。找不到落點，或是害怕被討厭，那又怎麼樣，只要我能撐得起自己，就能安身立命。

—第三天　生吐司族—

沿著淡蘭古道最美的坪溪古道段，往太平洋的方向前進，抵達宜蘭外澳車站之前，站在石空古道的石階上，透過樹縫看見藍色的海中，那清晰怡然的龜山島。三個女生一陣驚呼，拚命按下快門。我飄蕩的主心骨，此時已好好安置。

如果，我不能成為我理想中的模樣，那就和這些理想的人常常相處吧。

我可以聽聽這樣純淨又直率的靈魂說些什麼，看看他們正在追尋些什麼，然後把大家當成我的鏡子，透過他們的眼睛看見自己軟弱又膽小的模樣，然後接受自己的軟弱與膽小，也學習愛上自己的軟弱和膽小。

十月長假結束後，我回到自己的斜槓生活。

現在的我比較能坦率地面對自己，也許我就是這半條生吐司，又重又不抗壓，活脫脫是個麻煩。軟軟柔柔、鬆鬆綿綿的我，是否值得被瞻前顧後，放在沉重背包的最上方，小心翼翼地背負著，深怕折損了這場甜蜜。

希望我能如生吐司般奢侈，在夢想的疲憊或是現實的磨難裡，都將成為美好的安慰。

終其一生都在等待一場晴天

現在正站在海拔三千五百六十公尺的奇萊主峰，回望奇萊稜脊，濃厚的大霧令人心死。

趁著夏天颱風季過後，秋日氣流穩定，再次造訪黑色奇萊。奇萊山區由奇萊主北峰、卡羅樓斷崖、屏風稜線與大禹嶺，形成絕險斜削的懸谷與綿延雄偉的山峰稜線，險峻的山嶽氣勢攝人，以氣候複雜多變著稱。

上次沒能看到日出雲海大景，心有不甘，這次再訪，規畫了兩天一夜。黑夜中就啟程往奇萊主峰，在淒風苦雨的濃霧中等待機率微乎其微的日出，等到黑夜變成白霧。

鎩羽而歸，回到稜線營地時適逢暴風強颳，撐出的天幕早被風拔出營釘，像旗幟般生猛地飄搖著，再晚一點回來就要被奇萊沒收了。潦草地打包，早早下撤，急急越過兩條生厭的乾溝斷崖，在濃霧中，看不到路的盡頭。

當然也想站在峰頂雲海的三角點前，笑出滿意的牙齒，但沒辦法，這裡是黑色奇萊，漫天大霧是應該的。

生活大概就是這樣，通常陰翳、苦悶，視線沒有辦法看得太遠，雖然知道目標就在那裡，但沿途的霧雨與黑暗，腳步不知怎麼地就快不了。

一路下撤，直到過了成功山屋才放下背包，在碎石坡上吃行動糧，順便鬆一鬆疲憊的身體。我站在石坡上望著可能是遠方的遠方，突然間乾溪溝裡襲來一陣暖風，厚霧被吹散，陽光穿過雲層快速地往我湧來。

太陽網羅風，風支配雲朵，於是光影像浪追逐著浪，一波又一波，打在我身上。

這是我從未看過的光啊。

我瞇著眼，感到頭暈目眩，呼吸急促。如果真的有神蹟，我想就是這樣吧，像是透過一種具體的樣貌，揭露一切關乎愛與真理的深層意義，使我們得以窺探生命的一角。

我忍不住將右手高高舉起，感受這一波一波溫柔的安撫與慈愛的沖刷，那時我飛越了沮喪，跨過了艱難，到一片我不曾去過的日出黃金草坡。

也許，我們終其一生都只等待一場晴天。

即使在那之前與之後，我們都是在迷霧裡。我們心裡也正踏實地踩著步伐，在工作上、家庭中、關係裡。快不了沒關係，真的。就算有些時候為了休息而站在原地，那也只是因為此時此刻需要一場晴天，不代表放棄前進。

這時候，不用解釋，不要說話。

前進黑色奇萊前，
小奇萊步道。

北二段撤退

北二段一開始，銘就摔下去了。

─之一　意外─

秋日已微涼，凌晨三點我還在賴床，默契十足的男孩們早就不慌不亂地在四十分鐘內梳洗著裝、打包完畢。還不到四點，他們好整以暇地坐在圓桌前邊吃白粥邊對我自我介紹。

十二位二十幾歲漂亮的臉孔：搜救隊、前台大登山社、無線電專業人員、藥劑師、嚮導、戶外裝備店的店員。我努力記住每一個男孩的臉孔、特徵、說話的語調，看進他們的瞳孔時默念他們的名字，介紹完後個別重複。

「天啊！妳好聰明！」他們驚呼。

我笑著搖搖頭，有些你們不知道的事。

一個多小時傾斜而搖晃的林道車程結束，甫下車的我仍有些暈眩，站在路邊稍微緩一下。很有效率的男孩們已經背起背包，盤點完所有的公裝，溫柔地安排我在隊伍的中間。

天當然是暗的，鋒面帶來連續幾天沒日沒夜的大雨，已經把一人寬的步道沖刷成泥濘溼滑的小徑。出發不到半小時，銘就摔下去了。

剛發生的時候，我們都卡在狹小窄滑、無法錯身而過的小徑上，完全不清楚前面的狀況，但當下沒有緊張高昂的尖聲驚叫，只聽見男孩們安靜卻急促的呼吸聲。打前鋒的男孩負責確認每一分鐘的狀況後，就會大聲回報，讓所有人聽見。

「摔下去一段極高的落差，現在完全看不到底。還好背包卡在樹叢中，約莫半個人高的落差。」

「有人卸裝備下去幫忙了！」

「現在手抓到水管慢慢爬上了！」

摔下去的銘之前在戶外裝備店工作許多年，具備野外求生與急救的基本知識。冷靜專業的他，先確認好自己的位置與傷勢，爾後在遠遠的下方大聲道歉，然後再次道歉。

大家援助銘起來，幾個人分別為他確認傷勢與掉落的裝備，他又止不住地道歉，為自己的疏忽。你們沒說些過分體貼的話，輕輕拍拍他的背包，好像是說不需要講這些，沒事就好。

接著天漸漸亮了，走了近十二公里，準備重裝上門山的時候，七三〇林道就下起了雨。

箭竹林綿密交織而成的門山，不願被打擾，糾纏出最陰溼的網絡，甩擊我們的臉，牽絆我們的腳步，拉扯我們的背包。一路陡上到門山叉路口放下重裝，輕裝前往門山三角點，海拔高度三一六八公尺，百岳排名八十。因為下著雨，當然毫無懸念地交出白牆一面。

我們臉上都露出了然於心的落寞與坦然，明知是白牆還是上來，明知零展望還是上來。上來為了什麼，難道要承認只是在收集百岳的數字嗎？彼此相看，滿是矛盾又無奈的神情。

—之二　拒絕回應—

七三〇林道起登門山前，在登山口分成兩隊。

第一隊伍有四個男孩，不上取門山，將沿著林道先行，前往鈴鳴山登山口二十七．五公里處紮營；而第二隊伍的我們，九個人將從門山岔路口的金明真路一路陡下，經二十五公里處的工寮後，再行二．五公里後於紮營處會合。

從門山三角點下來後，我們一行九個人排成一列，此時已經轉為大雨，重裝陡下溼滑的金明真路，高聳的箭竹林夾雜漸大的雨勢，抬手阻擋硬箭竹掃射臉頰時，雨柱便隨著袖口流進身體裡。

因為雨線與霧氣，完全看不清楚箭竹叢底下的地形，不斷踩進雨窪而鞋襪全溼，泥濘讓好幾個人輪流摔倒，此時不知是誰一個大踉蹌，便不小心把堅固的登山杖折斷了。

登山杖折斷的這種意外令我害怕，太多次因為登山杖的支持而免除摔下懸崖或墜落峽谷的經驗，於是發生時更讓我惴惴不安。我恐懼若某次將全身的重量交給登山杖，而它支撐不住的時候，真不知將如何翻覆墜落。

總是有意識地提醒，但在危險地形時又下意識地依賴，這種矛盾的情況經常發生，可能只恨自己的雙腿不夠強壯，仍需要依賴他者。

心惶惶然，抵達工寮時雖不到兩點，但我們決定先休息片刻等雨勢減緩，也煮杯熱茶緩緩情緒。因為下雨，領隊超超開始擔心起第一隊伍的狀況，也需要回報目前的位置，在工寮休息時，無線電不間斷地呼叫，但都沒有第一隊伍的回應。

脫下全身溼漉漉的雨衣雨褲，男孩從登山靴裡倒出水來，擰乾襪子，換下全溼的底層衣，銘脫下衣服後伸出右手臂，才發現內側大片的傷口，趕快緊急治療。消毒鮮紅裂腫的傷口時，他眉頭皺得好深，而下山時應聲折斷的登山杖讓大家左扭右轉的，看來已經救不回來了。

無線電還在呼叫。

工寮裡，每個人行色匆匆但安靜，自帶領袖風範的超超站在工寮外看著落雨許久，斷然地說：「若現在過去，看來也是在大雨中搭帳，今晚就睡在工寮吧，清晨起來就下山。」

這是我第一次撤退，沒有聽到任何反對意見，就算是我和約翰．謬爾步道的夥伴，只有四個人，也曾對撤退與否僵持許久，爭執辯論將近兩個小時。

這次是大家心心念念的北二段，好不容易請了這麼多天假，匯集了十二個人，而且個個都是經驗豐富的山友，但不知道為什麼，這群已經上過中央尖、新康橫斷的好手，竟同時產生集體潛意識的連結。

我們點點頭，一起無聲地同意撤退後，那懸在彼此心中的大石放下，頓時，工寮的氣氛才活潑熱絡了起來。

—之三　直覺—

山寵愛我，但有時也會拒絕我，我總是專注聆聽它的聲音。

有些迷途，有些雨，都是山傳遞的暗號，那提醒是每一個人都能打從心裡深處明確接收到，並且臣服於這無可解釋的力量。有些事情我不懂，我也沒有想要懂，但我相信，山會做這樣的決定，一定是在保護愛它的孩子們。

這麼多年，當我領受到從山而來的訊息，我已經一次比一次更坦然。

我接受那些靈光斷片的直覺，那讓我更想好好擁抱自己；那往前不是，往後也不是的自己。

我學會不再以為自己是個例外，我也並不是如此獨一無二，有些自信可以留到下一次，山自會決定這次是誰可以留在山裡。

撤退需要的不只是勇氣，不只是山永遠會在那裡。離開是因為你相信自己還會回來，我們都只是暫時別離。

七三〇步道上約十八公里處
的閂山之門。

我的 山日記

真正快樂的事，
難道就不累嗎？

雪山西稜的倒木變成步道。

霞喀羅的夏日野營。

平常總是好幾個背包輪著用，
今天在紮營的時候，
從背包的深處摸到圓圓硬硬的幾顆東西，
把四十五升的背包倒頭栽，
滾出深褐色的松果。
我拾起，一時之間想不起，
這是哪座山送我的禮物。

這種意外的驚喜，就像一頁美麗的書籤，
夾在我的生命裡。

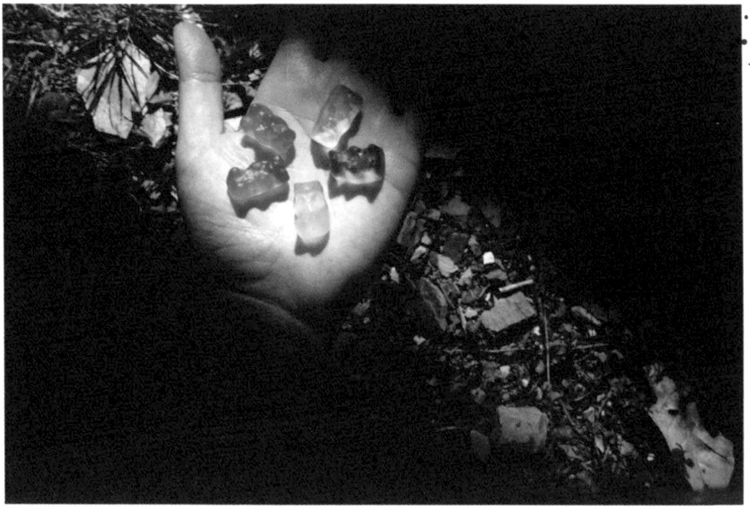

手掌上繽紛的甜蜜。

我能想到最浪漫的事。

二〇二〇年七月，慶與黃捨在七彩湖。

然後　自轉停了下來
擱淺在世界最繁忙的航道
拒絕再拼貼華麗的蒙太奇
落幕成平凡的頓悟

一個夏日午後的深處
公轉向永遠發出了光

想和你們爬山，
想和你們走很長很長的路，
吃不怎麼樣的乾燥包，
喝不怎麼樣的黑水塘。

想一起唱歌，
一起吹牛，
一起詛咒上坡，
但千萬不要一起淋雨。

拍下幾張取景不怎麼樣的照片，
寫下不怎麼樣的日記，
然而愛你與妳，全都真心真意。

（左起）乃勻、索妮與我。

淡蘭古道與女孩的背影。

爬山這件事，
出發是最難的，而過程則是最需要體驗的。
無需執著於抵達三角點，
因為停下來才能相遇，不是嗎？

我與向山的男孩們。（攝影／張峻健）

西巒大山上被要求裝文青。（攝影／張峻健）

下一秒，忍不住大笑出來。（攝影／張峻健）

二〇二一年一月，桃山大雪。

有人告訴我，
真正快樂的事是不會累的。
但就算是最快樂的戀愛，
有時我也愛得的好累，
實在沒有辦法把「快樂」與「不累」
完全結合在一起。

但我確定的是，
有些快樂是可以累的，
我比較想追求的是這個。

在山裡的生吐司。

冰塊融化了
還以水的形式留下
夢想如果消失
會變成一首歌嗎
沒有魔毯
但乘著板子在海上飛翔
一樣是墜落
你這次會接住我吧

北大武山上的陽光。

攝影師 YO。

二〇二一年一月一日的雪山日出。

前往六順山的大霧。

我走向中央山脈的心臟。

「有些累」等於「快樂」，
我想要這個公式在我生命裡成立。

也許是我困住自己，

也許是你特意迴避，

在山之間，把話說開。

輯三 冬之山

你想去哪裡？有些事情還是沒有發生。

罰單

你泡了一壺眼淚
邀我對飲
我騎著獨角獸
在奔往愛情的彩虹上
超速
雙載
警察攔我下來
粉紅色罰單上面潦草：
不能太浪漫

無法成為野獸的我們

說不出張牙舞爪的話
問不了瞠目結舌的問題
對方沉默的時候雙手奉上台階
被人痛擊的當下還說了謝謝

無法成為野獸的我們
不是軟綿綿　任人宰割
只是不給誰添麻煩
想讓情緒起伏低於標準桿

不想
成為打著腎上腺素生活的野獸
美麗的皮毛　口蜜腹劍
狩獵的本性　巧取豪奪

我想
珍惜著一點一滴的好事
然後一邊感謝著誰
一邊努力地活下去

目睹幸福的誕生

也許與你相遇時
我錯過了那個人

但我也說不上後悔
因為我眼中的幸福
一直只有你一個

我來處理

被你緊緊抱著的同時
我知道這是與愛無關的時分
淚滴落在我的額間
不用閉上眼睛也能想像那些酸楚

好想對你說
把這一輩子的眼淚交給我吧
連同你的幸福
讓我來處理

原地

我過得算是很隱密的生活。

搭捷運，坐公車，朝九晚六。長得一副普通女生的臉孔，正常身高與正常身材，在公司裡面，沒什麼人知道我是山女孩，或是知道了也不當一回事。假日我不在山裡，就在咖啡廳寫字。

當上班族久了，看著身旁的同事陸陸續續離開目前的位置，下一份工作不論是創業，或是成為更專業工作者，那被廣泛定義的「改變」，我很是羨慕。羨慕大家似乎都知道自己的方向，勇敢地朝著那方向大步邁進，漸漸的，我也會開始懷疑一成不變的自己。

有些人，其實是很多人，都鼓勵我想要怎樣就怎樣：「想去哪裡就去哪，想做什麼就去做，人生只有一次啊。」我也不是不明白，但不知道怎麼，腳就像是根深深扎進地上，想要拔起就顯得難。

留在原地的我，顯得可憐又可笑，但畢竟是自己不要，有什麼好叫囂。

隆冬，大雪紛飛的時候去爬山，登頂時零度以下的強風吹得頭痛，經過三角點就頭也不回地往下走。準備走進森林前，擔心初手的朋友不知道山屋的路徑，便站在原地，回頭等待正在山頂歡呼的夥伴。

站在原地的時候，風吹得更強勁，雪落得更大，冷顯得更冷。戴著手套的手指漸漸凍僵，腳趾不安地翻動，從小指頭依序到大拇指來回折返，像是在雪地上彈鋼琴。我把外套拉至鼻尖，雨衣的帽簷緊緊扣著毛帽，溫熱的呼吸產生的水氣，此時慢慢濡溼了外套內層。

原地，感覺更長，更冷，更辛苦。

媽媽走的那個月，剛過六十歲生日。冬天出生，冬天離開。在我的印象中，那年冬天不怎麼冷，也沒有下很多雨，陽光既斜又暖，是難得一見明朗的冬季。

處理完後事的那個週末，我依照生理時鐘醒來。

清晨五點，天色仍暗，我站在黑暗的客廳裡喝完一杯溫水，準備進行四年來習慣的晨跑。還記得站在電梯前，淡漠地看著樓層數字跳動，習慣性地插腰轉著腳踝，踢踢腿，拉拉筋。電梯門打開，把身體運送到一樓，軌道式地往河堤前進。

一小時十一公里，是那時候固定的數字，這樣的距離我不需要聽音樂，前兩公里配速慢一點，讓肺習慣大量湧進的冰凍空氣，先讓身體醒來。通常這時候就會經過榮總醫院，再往前跑一點，右邊是振興醫院的急診室，那裡有一個下坡，記得腳尖著地的角度不要太外翻。

那天也是一樣乾爽的冬日，我漠然地跑過醫院，經過那個下坡時，突然一個念頭襲來。

我發現，自己再也沒有那「愧歉」的感覺了。過去四年，我總是為我早起離開醫院去運動感到愧歉，為媽媽給我這個健康的身體感到愧歉，為媽媽在醫院昏迷臥床，而深深感到愧歉。

從今以後，我再也不需要抱歉，我再也沒有理由抱歉。我的腳步突然停了下來，站在原地，回頭往醫院的方向看。

這個原地，我站了好久好久。

有時候以為攀附到浮舟，可以抵岸；卻發現只是緊抓著一縷蘆葦，載浮載沉，在悲傷的洪流裡不致潰散。明明河水並不深，我卻不願起身上岸，在同一個地方將溺未溺。

從身心崩裂到坦然面對，我花了很多時間，站在原地往自己深處探索。停止習慣性地將問題拋在身後，大步往前離去。

這使我理解，有的原地是前一個旅程到下一個旅程的中歇，有的原地並不是平淡無意義的休息，而是需要扯開身體地去感受。感受四面八方吹來的風、話語、溫度，確認自身的震動、搖晃與不安。

因為接下來我將明朗看見的，不是因為風吹散了霧而出現的路跡，而是真正明白自己內心多想要邁出那一步。

我想珍惜，願意偶爾留在原地，好好整理自己的自己。

有時候，

人是需要留在原地等待的。

我以為自己去到很遠的地方

長期以來的緊湊，三份工作的擠壓，把我壓成鬆軟厚寬的輪廓。如果我是山，那我是座很胖的山。

想趁著冬雪融了，春天來臨之前，規畫雪山西稜之行，準備進行甩肉縱走行程。但對於管理單位刻意不維修的二三〇林道到底崩壞毀損到何種程度，實在沒把握；加上今年中部久旱未雨，想必一定是要找水、背水。

年末工作忙、體力差，整個冬天反覆感冒。到底要走四天還是五天呢？心裡搖擺不定，畢竟是越過雪山主峰往分脈深處走去。忐忑。

按照習慣，計畫了幾版時程表，和偉豪討論，他倒是豁達不在意，說見招拆招，於是下班後背起大背包，到市府轉運站搭客運，前一晚下榻宜蘭的背包客棧。

—第一天　失去計畫—

反覆感冒而還沒有全好，身體氣虛無力，第一天完全沒有趕上進度，失魂落魄。幸好走到三六九的時候下起了冰霰，爾後轉成大雨，老天爺給了我一個好大的面子，遂改變了計畫，不直下翠池，好生在三六九山莊裡養息。

三六九是經常來的了，哪幾號床位塌陷，哪幾號床位頭上的窗關不緊，早就瞭若指掌。午後的山屋像隻安靜的獸，剛吞吐了一批從雪山主峰零零落落下山的山友，大雨滂沱中，話語都被雨聲吃掉了，山屋更顯得靜默。

我喜歡雪山，喜歡雪山東峰前軟軟的松針林道，哭坡剛剛好的坡度，還有這時候的三六九。雨停了以後，水氣轉成濃霧，人的影子好像也淡了些。獸把每一個人的疲憊揉得長長軟軟，放進去睡袋蒸熟。

午覺起來熱烘烘，臉頰紅紅的，身體燙燙的，坐起身睡袋還要緊緊裹著，覺得自己像顆白胖胖的包子，肉嫩肥美多汁，只想繼續在睡袋裡保溫。

包子當然沒手拿出紙筆寫日記了，一邊暖暖地發愣著，一邊對推遲的營地計畫擔心著。

—第二天　失去聲音—

吃了感冒藥與頭痛藥，一口氣從昨晚七點睡到今天凌晨四點，整整八個小時。醒來之後恍如隔世，睜開眼睛分不清楚自己身在何處。

凌晨出發，黑森林吞沒頭燈的光，從離開三六九山莊之後的四天，我們沒有遇見任何一個人。遇見有遇見的煩躁，但不遇見有不遇見的淒涼，尤其是和安靜的偉豪結伴同爬時，我便只能與自己對話。

走在黑森林時只是滴著雨，但出了圈谷便打下了密集而疼痛的冰霰。雨、冰霰和雪的聲音是不一樣的。雨是滴滴答答，然後便攀附在身上，黏膩地順著身體而下，而冰霰是乾脆緊湊的小鼓，咚咚咚般響亮的頓點與節奏，打在身上後便帥氣的彈開，目的只是要使人疼，使人睜不開眼。

雪永遠不一樣，快接近高度三八八六公尺的雪山主峰時，冰霰突然停下，從圈谷吹起不詳的風，於是雪就跟著刮過來了。夾帶著冰的雪乘著高山的風速，啪啪啪地甩在臉上。我急促呼吸著山頂低溫又稀薄的空氣，沉重的腳步踩在冰雪上，溼滑，緩慢。

下了碎石坡，走進有著夢幻紅屋頂的翠池山屋，卻沒有感覺到山友相傳的童話氣氛。旁邊依偎的翠池，是台灣最高的高山湖泊，以靜謐優雅著稱，豐水時能動人地倒映四周高大玉山圓柏喬木純林，但此時逢枯水期，只剩中央有淺水窪，四周則布滿黑色的的板岩碎塊，水質顯得混濁泥濘，少得可憐。

離開了翠池，再往火石山方向推進約四十分鐘的路程，便經過全池乾涸的

火石山登山口，
失去聲音的森林營地。

下翠池，一路鑽進箭竹林，直到博可爾山大草原坡。

翻越雪山主峰後，天氣轉晴，身上被暴雪打溼的衣服和手套也漸乾。抵達火石山腳下的營地，小巧可愛，恰恰容納兩帳，被松樹林親密地包圍，旁邊緊鄰著往年總活水流淌、此時卻乾涸無水的溪澗。

這正是我最喜歡的森林營地，但此時不知道為什麼，卻讓我聯想起之前於美國約翰．謬爾步道上，最後一天的紮營地。那是一座森林大火後的枯槁營地，乾燥、焦黑、死寂、無聲。

火石山這個小營地雖然盈滿綠意，溼氣仍重，依舊聞得到森林與苔蘚的氣味，但卻一樣都靜悄悄的。

晚上鑽進帳篷，明明森林裡安靜死寂，我卻產生劇烈的耳鳴。深夜愈安靜，腦中的嗡嗡聲愈清晰。森林裡沒有鳥聲蟲鳴，沒有隨風起浪的松濤，沒有山羌短促的叫聲，連一片樹葉飄下的聲音都沒有。失去水的森林，精靈們也都離開了嗎？

──第三天　失去推進──

從火石山離開往頭鷹山，許多石瀑與倒木，使得進度大幅延遲。橫渡、跨越、攀升、蹲降，每一棵巨大的倒木都是田徑賽道上高跨欄，選手們不停踮腳上攀或彎腰下跪，如此虔誠。

正午，一棵龐大的倒木占滿整個步道。走上它白色光滑的樹體，巨大到甚至可以在上面搭一個單人帳，貪戀它皮膚的氣味，便躺在樹上打了一個盹。這一場短暫的睡眠無夢，身體沉進去樹的身體一輪一輪，直到年輪中心那安定的芯，在那裡，也放置自己的心。

走進山裡，感官忽地打開，摸到，聽到，聞到，看到，豐盈或飽滿的美好迎面而來，應接不暇。這時候我會慢下腳步，不趕往下一座山，就停留在觸動的那一刻，然後把自己安置在那裡。

不趕時間，不趕三角點，不趕著抵達計畫中的營地，我停下來摸摸這面高聳綠色的苔蘚牆，聽著風吹過來松濤浪聲，或森林裡每棵樹自身那千古恆常的呼吸。

我瞇著眼睛抬頭望，穿越層層樹稍之間的光隙，薄霧沿著逆光、隨著稜線湧上，如羽絨般的淡綠色松蘿輕盈擺動。我願意為這些，而且只為這些，讓一切停在原地，包括我自己。

—第四天　拋物線—

往雪山西稜的重頭戲，大雪山主峰邁進，會先經過視覺震撼的大雪山北峰北側，那面廣大獨特的崩塌地形。在這段連綿明媚、圓潤婉約的大草坡中，稜角分明地大崩壁顯得特別吸睛。步道沿著崩壁的邊緣蜿蜒而上，雖然左側就是難得一見的柔美大草坡，但視線總忍不住往右邊看去。

在山裡我總失去對危險的判斷，因為一直待在艱困險峻的環境裡，於是對於危險的認知與判斷，往往顯得混亂而無法掌握。不論在哪一座山，我總朝著懸崖的終點走去，直到跨不出那最後半步才罷休，甚至要坐在崖邊晃著雙腳，惹得夥伴又驚又怕。

好想體會山友們說，那站在高處、心頭癢癢的感覺，但此時於大雪山北峰崩壁邊緣的我，心既不會癢，也沒有縱身往下跳的衝動。對我來說，只像是坐在鞦韆上。

我像一直停在鞦韆最高的地方，望著遠遠的天空和遠遠的山巒，擺盪著雙腳，就像是把我的思念盪成一條最遠的拋物線。線那頭繫的人，能不能收到我山中的想念？

抵達大雪山主峰，此刻的美是悠閒的，是美國電影裡大學開學第一天，斜臥在草地上的青春男女；是紐約中央公園畢士達噴泉旁，被小孩圍繞的粉紅色冰淇淋小攤；是恆春小鎮的巷弄正午，橫躺著曬著暖陽的小黑狗。我走在大雪山的時候，滿腦子都是這樣的場景。

已經第四天了，什麼都匱乏的狀況下，沒有水源，沒有食慾，沒有睡眠，走進山裡，真的什麼就富足了嗎？我們走進山裡想要得到什麼，是逃離抑或是追求？是迴避還是探索？這時候我面對大雪山主峰的三角點，三百六十度無死角的無憾大展望，我仍然沒有答案。

也許我並沒有想要得到什麼，既沒有想要逃離迴避那現實裡的窘迫，也沒有要追求探索那失去訊號的孤獨，單純只是因為喜歡這裡的寬闊。山裡沒有太多比較，沒有太多人心，沒有龐大而巨量的訊息，輕佻地塞滿所有角落。

我只想要得到一個我，一個心有餘裕的我。

—第五天　形式—

最後一天需要一口氣走完二十八．五公里，要從這條肝腸寸斷的林道離開雪山西稜，真想不到請神難，送神更難。

全線在海拔兩千五公尺左右的二三〇林道，乾溝巨石、脆弱崩壁、垂直高繞、大倒木、碎石坡、箭竹林一起發生，使得進度落後，原本腳程預計下午兩點就可抵達小雪山遊客服務中心，此刻就向接駁司機一口氣推遲到五點吧。

多了三小時，要做什麼？毫無懸念當然是午睡。

選一處平坦的林蔭，將帳篷的地布攤開在林道上，橫躺在陽光下便睡了起來。不用擔心有山友經過，這幾天來，這條步道上只有我們；也不擔心有動物，缺水的雪山西稜，連鳥鳴聲都顯得稀奇。於是躺成大字型安心地沉沉睡去，時間、公里數、放棄的中雪山，一切都模糊而遙遠。

我不著迷冒險，我只是展開旅程。因為不征服任何危險，只喜歡那向遠方啟程的感覺，掌握著山裡微小而美好的寧靜，就深深感到滿足。我從未遺憾那捨棄未登的山頭，也從不背叛山的寵愛。

我是山裡的人，我相信終有一天，我會回到這條破碎的林道上。

下一次準備上山的時候，我仍然會展開這些形式——背包上肩的形式，移動的形式，等待的形式。我會買一張車票，等待一列火車，將我載往你的登山口。我想在你心裡投下寫著我的名字的入山證，讓你親眼看到這三個字的樣子。

這三個字夾帶我的氣息，像穿越指縫中輕盈的一縷風，卻有力量從一顆樹開始，搖晃一整座森林。這就是我愛你的形式。

大雪山北峰壯觀的崩壁。

睡袋

體感負十度。

一進山屋立刻把睡墊吹飽，打開睡袋鑽進去，任何行動都要以坐起身，半徑畫圓為限。

奶茶，用保溫瓶剩下冷涼的水泡開。

憋尿，不到最後一刻絕對忍耐。

晚餐，極盡賄賂之事：請幫我煮好泡麵端過來，拜託。

一切的慾望降到最低，生理需求只剩下保暖。可以餓肚子，可以不口渴，甚至可以用手套抹掉鼻涕，只因為衛生紙在離睡袋五十公分的地方。

我坐著，手搆不到。

雪季的時候，特別喜歡小小的山屋，稜線山屋、翠池山屋、雪北山屋、圓峰山屋。若是包場，就像在世界的盡頭只有我們。

雪季的時候，特別喜歡小小的睡袋，抱緊我早已回溫的身體，但哪裡都不想出發，對所有的生理需求感到歉然，世界的盡頭只剩我暖暖的睡袋。

這時候只想暖和兩腿之間夾緊的雙手，不斷揉搓，以為這樣可以搓揉出一顆太陽，從睡袋裡升起。此時寧可緊皺著眉頭迎著陽光入眠，也不願想起山屋外那一片寒凍的雪白。

我在睡袋裡深深吐息，溼熱的呼吸在睡袋內層鋪了一層薄薄的水氣，輕輕貼著我的臉頰時，我竟有種南國海邊潮氣的錯覺，那溼黏、發汗、有些躁動的夏日。

我把睡袋右側的拉鍊拉到最高，深深埋進去自己製造的蛹中，蛹期的我安靜肅穆，期待能完全變態。明天，也許明天我真的就化為一顆太陽，曬融那些惡意的眼神與算計的城府，我能直射冷酷的計較與虛偽的表情，我能不顧一切地只做我自己，而不是誰眼裡的好人。

但蛻變之後，是我，不是我。

總以為到山裡可以躲避一些現實，但卻發現那些現實都還是會跟著自己回到山裡。曾經嘗到苦澀的不甘仍然不甘，曾經允許失衡的不公仍然不公，沒有因為我在哪裡而改變。即便是山，如何真摯坦率地付出：規畫路線、盤點裝備、耐心安撫、瞻前顧後，仍然會被有心人以為要好處，要攀附。

面對這些人接受時的理所當然，要給予時卻斤斤計較，我時常感到灰心黯然。我還沒有學會世界會這樣對待我，於是我還在給，因為我還可以給，只是有時候已經給得不知所措，給得心慌意亂。到底為什麼，這世界連坦率都會被解釋成虛偽？

我知道不是我不夠好，是他們不值得我這麼好。

那就讓我暫時躲進睡袋裡吧，用我自己的體溫保護我自己，讓我自己只剩下我自己。

此時此刻，我什麼都不想要，只想要埋進一個安全的蛹中。明天醒來，也許他們還要貪戀我的暖意，沒關係，那就分去吧。畢竟這世界不是靠一個人就能運轉，沒有誰是太陽，沒有誰是宇宙的中心。

但能不能允許一天的自私，現在窩在睡袋裡，我偶爾也想要不得體。

現在窩在睡袋裡，
我偶爾也想要不得體。

請風不要來

現實中面對很大的挑戰，咬著牙，硬著心，努力地想著達成。已經完全社會化的我，工作上的訓練懂得如何以目標為導向，如何讓數字說話，如何依照過程聚焦、定義、整合、收斂。這是我習慣的日常，不論何時我都盡量要屏除情緒、偏好、習慣，客觀中立地問：「然後呢？」

以往在學校裡的校隊練習也是如此，昨天、今天、明日的數字與結果，不只是體重的控制、翻滾的強度、落點的位置，哪怕只要一公分的落差，就有受傷的風險。當你練到淚與汗都分不清，雙膝跪下來垂頭哭泣時，教練會蹲下來等你哭完，然後靜靜地問你：「然後呢？」

心有點累的時候，我就想出去走走，這時候最好不要是陌生的大山路線，以免路徑上過度的專注又擠壓了自己早已不堪負荷的心。今年因為疫情，一般健行路線的大山多了許多人造訪，週末爆滿的待抽籤人數，每每客滿的山屋，如果不是沒試過的縱走或是更難走訪的路線，上班族若週休二日要上大山，就要看山神是不是幸運點名了。

我開始往郊山去，反其道而行約莫是我甜美的想像。偶爾我得幸在清晨破曉時，走進一條空無一人的郊山步道，它往往靜謐、安詳，像是從來沒有風吹過。

冬日晴朗，邀請難得有閒的摯友一起上郊山，邊爬邊聊，說起這些現實中的不可抗力時，他對我嚴厲地批評。當下我愣住了，最熟稔我的他，不可能不明白我正處在失控的漩渦中，我想要當個坦率的人，但摯友的想法則是我應該要妥協讓步。

「已經經歷職場那麼久，」他口氣僵硬地說：「誠實的後果難道妳不明白嗎？妳會後悔的。」

其實我從來不屑「後悔」這個詞，「後悔」是被時間遠遠拋在身後的。我只在乎當下是否對得起自己，我只在乎我是否曾經拿下面具，卸下武裝，赤裸地往任何人走去。如果有，那我不需要擔心他人的批判，清清爽爽、無愧於心地活著，對現在的我來說，比什麼都還要重要。

最難還是等待，當然也不是沒有想嘆氣的時候，但我還是願意把時間拉長，然後告訴自己要懂得：情勢會震盪，會反覆地增強或疲弱；而當走勢趨緩時，就是再度進場的時候。

就像是郊山的步道鮮少遼闊，過程經常被原始雜亂的林相包圍，再怎樣把眼光放遠，盡頭總近在眼前，留不住任何遠眺凝望的焦點。當然懷念大山那俯瞰、那展望、那重重疊疊的遠遠近近，也懷念睡在森林裡的孤獨，和簡單平靜的步道生活。

郊山的日子，就是我現在的日子，因為郊山的步道，鮮少有風。而現在，我只能盡量不讓風帶走我的溼潤、我的吐納、我的溫度，以及我緩緩前進的日常。

有時候我們暫停流動，沒有原因。這時候，請風不要來。

郊山的步道鮮少遼闊，
無需乘風起飛，難得落地安心。

什麼都不是

一個月前約好的行程，誰也沒想過霸王級寒流來襲，行前比以往更加慌亂：安裝雪鏈、調整裝備、路線禁駛。雖然早已習慣戶外生活的多變與不便，卻也不忘同理同行初手可能會有的生疏，當然會持續給予耐心與安撫，但也不免問自己——他們對山，是抱持著一次性的體驗，還是將能恆久的愛慕？

—— 之一　山教會所有的人 ——

一路波折，在檢查哨前裝上雪鍊，長長的車陣中等待交管封路開放，到登山口就已經比預定啟程時間晚了兩個小時。在晚霞中陡上，抵達三角點，山頂已然日落，陣風夾帶著雪與冰霰，打到睜不開眼睛。想脫下手套拿起單眼與三角點合照，連快門都按不下去，便趕著天色將暗未黑前速速離開。

在零下八度的山屋裡，我睜開眼睛靜靜地躺著，想著這一陣子在山裡發生的事。二〇二〇年因為疫情使國境閉鎖，無法出國旅遊，也盡量減少出入聚集且封閉的公眾場所，於是開放的山林戶外突然湧進了許多新臉孔。每一雙眼睛看什麼都新鮮、躍躍欲試，也增加了許多以往不常見、有關山的新聞。

我了解自己的體力與瓶頸，於是不選擇獨攀，不嘗試長距離的單攻，不喜歡摸黑趕路，而且，我絕不評論他者如何登山。

當然我無法告訴誰，應該怎麼為自己的生命負責，山自然會教他一切，只是那樣的教訓可能相當冷酷粗暴。山終究有吝嗇的時候，就連最熱情的人交付了最珍貴的生命，山也使其迷失於荒野中，到死前都不明白怎麼會被如此對待，就因為每一個人的體力與極限只有自己最了解。

面對沒有爬過山的人，其實很難隨意地回答某路線需要多久時間。有的人也許只需要六小時，但有些人卻需要十二個小時，這過程還有很多複雜的變項會影響，只能祈禱每一個上山的人都有充分研究路線、準備自己。用自己的方式開心登山，也用自己的方式安全下山。

—之二　山和誰站在一起—

當我們奔向每一條壯麗的稜線，山峰將在我們的腳下一一隱沒，就像是飛舞的螢火蟲，在黑夜裡是飄蕩的星星，一旦落入手掌心就失去了神祕性。

我們有時候會覺得山輕易而沒有獨特性，甚至不知道自己正在追尋的是什麼。於是期待著下一次的冒險，更華麗的懸崖峭壁，或更魅惑的巉岩亂石，以為這一定有什麼遊戲規則，在一次比一次更難的縱走或是單攻中，增加了什麼武功，激發了什麼潛能。

我們甚至打造了一個屬於山界的排名，用此來衡量自己。

我們也都曾帶著絕望的心情，遠遠地看著那遙不可及的山頭，兩旁那完美無瑕的斷崖，好比烏拉孟斷崖、塔比拉斷崖、無明斷崖，只要曾經凝視過它，就足以日日夜夜充斥它的身影。

我們透過網路上的照片，以為捕捉的零星片段是全部，忘記那都是最安全酣甜時所攝下的紀念。沒有一台相機拍得出當時拉緊繩索，毫無踩點時的絕望，沒有任何一張照片能顯現死神正與顫巍巍的你站在一起。

—之三　無所不能的是山—

我沒有忘記過那些岩石與冰雪。曾經在約翰·謬爾步道上，通過繆爾隘口後一路陡下，夕陽西下，面對漫天的雪地，我走得舉步維艱。只要稍有平坦之處都被太平洋屋脊步道的全程徒步者先行占據，甚至連巨石與巨石間、只能容身一人之處都有人紮營。

這些壞掉的人，高高坐在稜線下方的平台，在勉強撐起、小到無法翻身的帳篷中，低著頭看著我們緩緩走過，那視線就像是站在峭壁上的山羊，高傲且不可一世。他們面對著粉紅色的晚霞脫下冰爪與鞋子，悠閒地煮起晚餐，腳程慢的我們只能往前再往前，一路走到昏黃的月亮升起。

因為疲憊，我們四人的隊伍拉得老長。正值融雪期，曬了一整天的雪地泥濘不堪，已然看不見腳步與路跡。我右腳踏出去突然踩空，猛然失去重心，地面突然踩出一個洞，下半身掉進洞中。

偌大的背包繫在腰間，緊緊卡在窄小的洞口。雖然不至於再往下墜，但雪地下激烈的伏流，讓腰部以下冷冽蝕骨。急流沖刷雙腿的力道強勁，心裡又驚又怕，很擔心洞口若是更裂開，就會被雪地下的暗河帶走，誰也沒有看見。

我們都曾經在山裡大難不死，甚至有時候覺得自己已經盡了一切可能：疼痛、摔落、燒燙般的寒凍、沒有知覺的腳趾頭，就快要放棄希望。

我們敬畏山，甚至有時候覺得山並不歡迎我們，面對如此巨大而無法理解的力量，只能小心翼翼，三緘其口，寬容以待在山裡一起走路的夥伴。

幸好山對我還是寵愛的，也許是我從不輕忽，從不覺得自己一切無所不能。畢竟在山的面前，我什麼都不是。

二〇二一年一月的霸王級寒流，
桃山大雪。

我們仍然決定，

這次一定要過自己的人生。

輯四

春之山

不管有多少人不了解，

我們都準備好了自己，

我喜歡這種感覺。

造浪者

不習慣改變
不習慣上岸
不習慣天暗的時候點燈
不習慣睡醒之後一個人

願來年
遠行的人留下
漂泊的人定居
躊躇的人啓程

海上的人靠岸
習慣的人願意不習慣

傾斜

今天下午適合吵架
天秤不再有兩端　聲納失去回應

今天下午適合午睡
但我失去所有適合睡眠的日子

今天下午適合失戀
槓桿取消原理　地心何時有引力
那些抱歉耳朵一聽就碎了
我自己負責用甜蜜黏起

那麼淺薄的體貼
怎麼我還會迷了路
天塌了　雨卻落不下來
因為愛是一個古老偉大的謊言

告白

你走過來的時候還在想著
這次絕對不要和好
你一坐下時心就軟了

是棉花糖在火上反覆烤著
是街角那隻小白貓的喵聲
是夏天久曬的腳踏車椅墊

大概就是這麼軟
於是說出來的氣話有點像是

怎麼形容
像是告白

（攝影／張峻健）

談戀愛

想談一場這樣的戀愛
沒有祕密　每天說我愛你
在捷運上接吻
過馬路前緊緊擁抱

想談一場這樣的戀愛
看書的時候　我為你朗讀
在咖啡還沒有送上來之前　你親吻我的手臂
說我很美

想霸占你所有的第一次
想看你的眼淚　聽你說哲學
允許你若即若離
但只說真實的話

想要你　想為你
履行你最瘋狂的念頭
從未想過可以發生的事

擁抱你　窺探你
然後我要成為你
愛你像愛一部分的自己

流浪的人

我不只一次聽到太平洋屋脊步道的全程徒步者告訴我，步道改變了他們什麼，我總是既羨慕又嫉妒，因為他們曾是在山裡流浪的人。

我其實期待那種被徹底搖晃、解構後的狀態，因為這些流浪的人講起那長達半年如流浪般的步道生活時，眼神迷離的模樣就像是正在做一場甜美如蜜的夢。

一直沒有這樣的勇氣在現實生活中按下暫停，工作與山之間，我和多數人的選擇都一樣，一邊賺取穩定的薪水溫飽自己，一邊做著流浪的夢。有時我也不禁懷疑起自己，是否太過安逸，太習慣被豢養。一直希望能活成自己的樣子，但現在的我到底活成什麼樣子？

問號卡在胸口，喘不過氣來，就開始懷疑起自己。自己能有多迷人？是否充滿魅力呢？

在別人眼中的樣子，良好的節制，堅定的態度，練達的言論，是因為年齡增長帶來的優點？還是靈魂自然成熟到這階段？

活得高高低低，像鞦韆一樣盪著。一下看著天空，一下看著地面，我不知道我是個像孩子的大人，還是裝成大人的孩子。

我沒有把握現在的我是什麼樣子。

離開家門，沿著磺溪往源頭走，一個人走在天母古道上，這條像自家後院的悠閒步道，是我最常散步的地方。走著走著，轉個念仔細想想，其實我一直都在流浪啊。我在台北這個城市流浪，在前往辦公室的捷運上流浪。

流浪的人啊，都想活得像自己，都在找自己。現實生活中知道自己的方向，與在荒野中走往正確的軌跡，都是一種前進。沒有哪一種前進比較優越，沒有人說在現實裡就一定會比在步道上更迷失。

日復一日開會、不斷email往返的上班族，和醒來就走路、日落前必須紮營的徒步者可能都是一樣的——一樣艱困掙扎，一樣充滿疑問，一樣渴求自由；也有可能是一樣快樂勇敢，一樣堅定安心，也一樣享受自由。

每一種往前，都是更好的往前。

也許我們需要花更久的時間才能走完「現實」這條步道，背負更重的人生背包，往成就的巔峰邁進前，往往是更險峻的人生陡坡，但我們比誰都還努力，還堅定，每一步如此扎實。即便有時懷疑，有時猶豫，不過還好，我和你一樣，原地擦乾眼淚後，沒有選擇撤退。

生存縱然苦，但能在心中感到自由的人，就是流浪的人。讓我們把自由當成水一口氣飲下，敬，所有在城市裡，流浪的人。

不論是在步道或是現實生活中，
我們擦乾眼淚後，從來沒有選擇撤退。

軌道上運行的一切

詩人邀我一同到南方的森林讀詩，我欣然應允。一抵達林務局阿里山員工宿舍，心臟就像有一百萬隻蝴蝶在飛，草綠色床墊、莓果色被罩、一整面迎著光的窗，我開著一朵心。

快樂地鋪床，快樂地整被，快樂地讀書，頭突然不疼了，胸瞬間就不悶了。員工宿舍的窗外是一整片綠意蓊鬱的森林，往右看就是祝山。我是個沒有離開過城市生活的人，但我覺得我每天都應該從森林的深處醒來。

好幾年沒有來阿里山，這次春日漫漫，來參加森林裡的文學營，適逢櫻花爆炸性地盛開，要在一片粉紅色的花海上讀詩、讀書，還要讀喜歡文學的人兒們，讀他們的可愛與好心腸。

一早拉響了日據時代黑色蒸汽火車頭的汽笛，當成一天的序幕。和大家一同去拜訪現役的阿里山小火車，登上二十五噸紅底單白線的柴油火車頭，往內探索它疾駛在山間的引擎，覺得真不可思議，要能在阿里山祝山線與神木線這般彎度與坡度的鐵軌上奔跑，果然需要鋼鐵般的心臟。

在火車上搖搖晃晃地前進，我記起那一次到阿里山。幾年前，眠月線還沒有變成熱門路線，你和我計畫了阿溪縱走，從阿里山站出發，徒步往溪頭的水漾森林駛去。

—之一　我保護你—

從阿里山閣大飯店旁邊的平面鐵道進入，在十字分道往左邊鐵道走去，就是眠月線的開始。沿途有一葉蘭自然保留區、二十四道橋梁、十二個隧道，經過沼平站、塔山站，止於石猴站，剛好是第一天的紮營點。

因九二一大地震崩塌的眠月線明隧道，中段已經完全毀損，需要先拉繩下降低繞，經過幾近垂直的崖邊再手腳並用攀爬而上。你懼高，對我來說易如反掌的落差，你常常害怕地閉上眼睛，皺著眉頭，雙手緊緊拉著繩索，猶豫的腳尖怎麼樣都找不到滿意的踩點。

走在前面開路的我，每一次往後看到那神情就覺得又好氣又好笑，怎麼到了山裡變成我保護你了呢？

架高的橋梁在森林中延伸，等距的枕木與弧度優美的鋼軌在眼前延伸，就像是一條綠色的銀河。略有腐朽的枕木在霧雨裡更顯溼滑，我專心而有節奏地一步一步往前踏去，偶有破損木板崩裂時就收回重心，站在原地緩一緩呼吸。

走到一半有點擔心，便回頭往你看去，只見你已經一屁股坐在鐵軌上，用手和屁股往前一點一點地移動，下巴抬得老高，眼珠子往上飄，決計不往橋下

眠月線是一條綠色的銀河。

看。不管雨勢正在變大，我拿出單眼拚命拍下你全身溼透又懼高狼狽的模樣。

你沒好氣地說：「妳可以不要這麼趁人之危嗎？」

我笑著說：「這可是我以後威脅你的好籌碼，此時不拍，更待何時！」

─之二 背我渡河─

第二天的營地位於南投縣鹿屈山下，因九二一地震阻斷石鼓盤溪上游，震成一個長約一公里、寬約兩百公尺的堰塞湖。原處本是一片柳杉林，因長期浸泡在平均深度七公尺左右的湖水中，杉樹群體頹圮枯死，只剩下灰白色的枯木林晨昏倒映在湖面上，孤傲而高冷的姿態搏得了一個相稱的名字：水漾森林。

海拔一千八百公尺左右的水漾森林其實並不好走，不僅有陡峭的岩壁與纏人的樹根，下雨天時的山徑更顯崎嶇溼滑。好不容易就快抵達營地，但因陣日的大雨使水漾森林附近平坦之地已變水床，便又前往哲明谷營地，好幾處需涉水而過，水深及膝。

這裡不是高處，你又回到你平日的模樣，要我站在樹下遮雨處等待，冒著大雨自己獨自前往搭營，捨不得讓有點失溫的我在雨中勞動。

過一會兒，你涉水回來，拿起我的背包背在胸前，走到水邊，你一邊捲高了褲管一邊背對著我，說：「雨太大了，過去好幾個地方的水深都超過膝蓋，我背妳。」

我說：「不用啦，我可以走啊，我也溼得差不多了。」

你說：「全泡在水裡那是不一樣的溼，妳嘴唇都白成這樣，至少我穿的是涼鞋，不怕水。妳的登山靴就別溼了吧。」

你擔心雨淋溼我，下巴剛毅地堅持著，眼神卻柔軟。我自尊高，不服輸，但熬不過你的堅決，只得讓你背我渡河。

你啊，還是那個人。帶我認識愛，帶領我走向正確的方向。我們都無從選擇重來的時間點，因為重來總是纏繞著太多好壞，那是滿足與墮落、重建與崩壞，是那麼多正確與錯誤的選擇帶我來到你面前，而我迄今仍無法解釋為什麼是你。

─ 之三　彼此的好人 ─

下了山以後，我們各自在等，等耐心給自己一個交代，等過去有能力為未來安排。如此揮霍時間等待的我們，並沒有等到一道清晰的閃電指向自己。

我習慣過分體貼，你擔憂太多打擾，於是這段關係變得既節制又清涼，不知道怎麼以朋友開始，也無法回到朋友結束。

我們就像是兩條平行的軌道，好不容易在山裡交叉相遇，但兩顆鋼鐵般倔強的心臟，無法開口要對方為自己停下來，也不願意承認那亦敵亦友的矛盾情結，於是破綻百出、言不由衷。我們拋下了我們，各自往預定的目標奔去。

但是，我還是愛你的。

現在對你，比較像是神愛世人般的愛。我願意愛你處理情緒時的粗魯和霸道，我願意愛你掌握距離時的猶豫與不決。我願意愛你切換模式時，彷彿油門加速太用力的衝動；我願意愛你迂迴保護自己時，那幾近幼稚的懦弱。

我開始可以愛你那一面，你想完美卻顯得逞強的不完美。

我決定用這樣的愛來愛你，今天愛你，明天愛你，你愛我時愛你，你不愛我時愛你。

沿著軌道上運行的一切，我們長成了自己。我們並沒有依附彼此，養出討好媚世的靈魂。一年一年，過了好幾個年，春夏秋冬的更迭，只要回到這裡，我就會想起你。

不知道，我還是不是你心裡的那個好人？

駐足於阿里山車站。

不得不直視事物的核心

二〇二〇年四月，結束以為沒有盡頭的校稿，第一本書終於付梓，送進印刷廠了。

原以為新書像個新生兒，生母理當站在嬰兒室的大玻璃前，伸長脖子殷殷期盼，殊不知我竟對看著自己的字正式印刷的過程近鄉情怯，只想逃離下了一整週雨的台北。

我出生在四月。四月的台灣，被包覆在雨的氣味裡。「清明」這個節氣，是冬去春來、天氣回暖、細雨紛飛。媽媽生我的時候難產，生產的時候臍帶繞頸三圈。「妳的臉都變成黑紫色，像是熟透的茄子。」媽媽每次夾茄子到我碗裡，總是笑著再說一次，於是這故事說了幾十年。

一個難產下來的嬰兒，在春天的綿綿細雨中，用著一出生就受損的氣管，安靜地呼吸。於是不可避免的，在清明與穀雨之間，任何一年，總是下著雨。

我想逃離的到底是雨，還是宿命？

—移動日　終點是床—

一路奔往國境之南，移動的時間總是漫長而搖晃，但不知道為什麼我有種安心的感覺，因為是往南，讓我自動聯想起小時候除夕前一晚，爸爸開著綠色的Volvo，凌晨兩點把我們三個小孩扔進後座，一路南下，開回阿嬤家。

抵達阿嬤家時，通常天還沒全亮，我只要佯裝眼睛睜不開，爸爸就會從後座將我一把抱起到房間，這是我與爸爸最親密的時刻。

綠色的房車停在田埂旁，假寐的眼睛半瞇，先聞到稻田泥土豐饒而溼潤的味道，聽見阿嬤穿著木屐拖鞋「喀拉喀拉」從三合院裡走來，「唧——」的一聲，在安靜的夜裡推開木門的聲響，爸爸心臟撲通撲通，重重穩穩地跳動。

移動日最終抵達的地方，總會有張令人安心的床。

這次的移動換了各式各樣的交通工具，捷運、高鐵、客運、出租車，一路上悠悠晃晃地抵達屏東的鄉鎮。四月在恆春儼然是夏天，就算地處中央山脈、海拔七百公尺左右的泰武鄉，也要到了傍晚才有熱氣盡散的涼爽。

山裡的涼風徐徐，一線光透過飄蕩的白窗簾，映在民宿清爽的白牆上，像張美麗的掛畫，簡單的房裡果然有張令人安心的床。這次的行程特意慵懶鬆散，想來北大武山，不是想登上南台灣最高的屏障，而是來看海的。

—第一天　海景第一排—

喜多麗斷崖是一處天涯，收攏了台灣海峽與太平洋兩邊的水氣，如詩般的萬彩雲海，顏色總是從粉紅色開始播放。山巔像孤島，雲海應和著光，時而明朗，時而陰暗。洶湧，翻滾，流動，邊緣濺起絲縷的霧氣。

我坐在喜多麗斷崖邊，彷彿聽見海拍打著岸，傳來一陣陣規律的湧起與退下。碎浪揚起了霧，地表的水氣蒸散後緊追著氣流，隨著像孤島的山脈上升，沿著山坳處傾瀉成雲瀑，依稀能見到稜線起伏的輪廓。

山谷裡的雲海未到可以降落成雨的高度，便日日聚攏成密厚似真的海，但兩千一百公尺的海是沒有聲音的，那山間的浪想要倚山成岸，以為如此便有了歸途，但一波波的沉默，如何啟程？

北大武山的雲海裡有排灣族祖靈的眼淚，有雲豹如雪如光的皮毛，有被落雷印記的紅檜巨木，也有魯凱人隨著鷹的指引，翻過中央山脈絕險峭壁，遷徙而來的身影。

我坐在崖邊看海，想起這一年來，因為出書的機緣，能與幾位充滿魅力、富有個性的人談話。我自然喜歡和極具冒險精神、隨性瘋狂的人相處，和他們在一起的時候，總讓我誤以為自己也同樣神采飛揚、自由而精采，但想到如果要時時刻刻過這樣的日子，我可能會覺得累吧。這想法初時淡淡，但到後來卻強烈到令我不得不直視。

大部分的時間，我並沒有一定要擁有這麼久的未知，或是這麼高強度的理想故事。就像並不想每個夜晚都聽著吉他金屬錚鳴、顆粒清楚、激情強勁的節奏入眠，而是想靜靜聽著那越過纖細銀色月光下的枝葉黑影、以綿密細緻指法誕生出安心溫柔的旋律睡去。

—第二天　宿命—

檜谷山莊不大不小，行走時間不快不慢，北大武山每個段落約莫是清爽的四小時，從新登山口到山屋，從山屋到三角點，若沒有雨的話，應該是趟可愛親人的行程。但雨中溼滑的樹根與石壁，折損了一點春意爛漫。

不打緊，安靜地從北移動到南，從城鎮移動到山裡，只想追求毫無意義、綿長而普通的平淡。山裡沒有激情、瘋狂、推擠、拒絕，正好適合思考，停下來好好確認，我想要的是什麼。

我們總以為逃離故鄉便能催化出嶄新的人生，但往往我們還是那個故鄉的人。就像我既無法逃離命中註定的雨，也仍渴望終點有一處像故鄉一樣安心的所在。

我是個貪心的人，想要體驗簡單的生活、物慾的生活、寫字的生活、加班的生活；想要不求的人生、貪念的人生、節制的人生、放縱的人生。我想要不止一個方向，不止一個角色，不止一條步道，不止一本書；我想要有時宅，有時狂，有時安靜，有時囂張。我接受既宿命又渴求逃離的自己——命中帶雨，但求山山大晴。

下山後，回到台北，雨還在下。

雨淋溼了台北，但再也不會淋溼自己。

隱身在山谷森林中的檜谷山莊，
無人的下午顯得親密而遙遠。

沒有山的日子

山與山之間，多得是山下的日子。

朋友們總以為我在山上，但其實更多的時候，我都過著沒有山的日子。天氣不穩定而無法上山，這日子一長，就發現自己脾氣暴躁、身體倦軟、雙眼發直。思念山到低山症發作，遠距離戀愛的症狀，無一不有。

這些山下的想念啊。

之一　喝茶

手沖咖啡是我的日常。晨間早十五分鐘起床磨豆，燙過濾紙，穩住手腕，彎著腰從手沖壺拉出細而平滑的水柱。咖啡的氣味逼人，甘甜苦厚兼具。我偏好明亮的酸味，像冬天裡的晴陽，戴著帽子的孩子們在公園排隊溜滑梯。

後來有時間，漸漸開始喜歡品茗。

通常是開很久的車，前往一座深山裡的茶室。悠然而僻靜的木造平房建築，推開長廊上的窗就是樹影婆娑，倒映在木地板上的黑色枝葉安靜地呼吸。茶席關掉聲音，舉止慢速下來，只剩水房快速挪動的影像。

茶人柔軟的輪廓、纖細的器皿、拉長的節奏。躍水時，我的心臟總是會暫停。

觀想茶葉伸展開來，緩慢呈現美麗動人的姿態，出湯後凝神觀色，輕嗅杯面香，唇與唇之間暱著薄如蟬翼的茶具。我總覺得，我是在喝山裡的一陣風、一朵岩縫的小花、一段耳邊呢喃的情話。

咖啡是明朗生活的開闊聲響，茶是影子在夢裡纖細的吻。

—之二　心裡的森林—

我的書房有一面大窗，窗外就是綠意盎然的陽明山。冬夜天氣清朗時寫稿，抬頭拉開百葉窗，就可以清楚看見山稜線上、文化大學的點點燈光。

沒有山的日子，把那亮當作是星星。

寫的字都在山裡，於是整個小書房都變成山的場景，有時候我站在海拔兩千五百公尺的雲杉群旁，手臂感受到森林清晨小徑那溼冷的低溫，撫摸著乾淨厚軟的苔蘚、龜甲狀的松樹樹幹。寫累了，閉上眼睛，彷彿就能看到日出時在翠湖旁、高聳而金色的玉山圓柏。

沒有山的日子，也能擁有一片森林。

—之三　寫信—

我的日子平凡又無奇，節制而自律。六點四十分開始，游泳，通勤，寫字，在慘白的日光燈下對著電腦，在一間又一間的會議室裡過完一天。

很多人說喜歡我，有些人靠近我，而我總是感到卑微。太多寵愛，像是在山裡得到諸神的眷顧般。我常常不明究理，既長不出旋律，於是無法哼唱。缺乏流轉的隙光，也沒有翻轉的能力，我無力讓想念著陸，難以令愛戀具體。

但我會寫字，我可以為你寫所有很美的信。

我很難言喻我們的相遇，如果真要形容的話，那像是在黑暗的宇宙中、毫無聲響的隕石撞擊，強烈但失去聲音，因為缺乏目擊證人，整件事情好像已經發生過，又好像沒有發生過般，令人鼓起勇氣要去確認的時候都忍不住害羞了起來。

但一天到晚害羞也不是辦法，所以當有一天我猛然往你跨步的時候，發現其實我從未測量好我與你的距離，原來隕石要相撞也不這麼容易，這麼大的黑暗裡，要找到同時有兩顆石頭反向飛行的航道，的確是被宇宙祝福的。

於是我開始寫信給你，寫我的憂傷、我的心事、我的反覆、我的貪心。讓我試著往前，但永遠為你卻步。那些微小的震動是山裡的探險，當你行走的時候才攀附，當你觀星的時候我停步。

於是我永遠有餘力，在你厭倦我前落荒而逃。隕石無法在誰的心裡降落，但至少我還有反向飛行的能力。

—之四　山之外—

書桌前寫字倦了，就坐在木頭地板上貪戀貓咪。

貓咪們親膩的往我游來。有時候只想要討個擁抱，有時候則游上岸，賴在我身上舒服地伸展四肢，露出粉紅色的小肚子，呼嚕呼嚕。

貓咪脆弱而短促的呼吸，美麗柔軟的皮毛，溫暖而堅持地在我身上築巢。我的身體是張安靜的網，承接貓咪們短暫卻深沉的夢。

山之外的日子，沒有森林，沒有松濤，沒有苔蘚，沒有小花。我常常覺得自己就快枯萎了，幸好閉上雙眼就記起那些氣味。

枝葉搖擺時，飄來柔和沉靜的木質調、清新明朗的果實味、豐盈清麗的花香，嗅覺是五感中療癒力最強的感受。

有時我坐著坐著，就和貓咪一起打起盹來。

無所事事的日子，就是無憂無慮的日子。

總是忍不住坐在地板
和貓咪一起玩。

雨

喜歡山的人，鮮少喜歡雨。

溼答答的外套和著身上蒸蒸冒出的熱氣，底層衣已經溼透了，可以感覺到汗直接從脖子滑落胸口，額前的頭髮黏在臉上，已經沒有手可以撥開，因為高過頭的箭竹林需要高舉著雙臂在眼前開路。

眼睛緊盯著腳下，被大雨淹沒的路徑儼然成為一條小溪，把所有的崎嶇全部掩蓋，分不清楚是水窪還是土地。一腳踩進軟爛的泥濘裡，深陷，心和鞋襪一起溼了。

在山上遇過好幾場像是要摧毀世界的大雨，有一次印象特別深刻，那是二〇一六年的四月十四日，奇萊南華。

在屯原登山口還沒有出發，遠方便傳來悶悶的雷聲，以此為信號，雨便毫不節制地下了下來。那時候剛爬山沒有多久，奇萊南華是第一次去的，我和YO在登山口能高越嶺國家步道的牌子下躊躇許久，最後還是出發。

沿途撤退的山友提醒我們，五．七公里處的大崩壁有幾處已完全坍方，崩壁上原本的小水流也變成瀑布，夾帶碎石與泥礫的剝蝕讓不到一公尺的步道崩塌，多出好幾處要高繞。

「我們有綁上布條了！」下山的山友大哥扯著喉嚨，透過雨聲斷斷續續傳過來：「但雨會愈下愈大，妳們兩個女生走還是要小心一點！」

從登山口到天池山莊，長達十三公里的能高越嶺古道西段，天色因為大雨暗了下來，瀰漫著大霧，所有的顏色被覆蓋，只剩下濃度不一的灰階。從三．五公里處的雲海保線所離開後，便沿途低頭查看逐漸增加的里程碑數字。連續在大雨中走了三個小時，突然間，耳邊響起巨大的聲響。

走在我前面的ＹＯ一臉疑惑地回頭，還搞不清楚那聲音是來自天空還是來自山，就看到一道閃電打在離她不到一公尺的樹上。

巨大的樹幹像是被野獸絞碎內臟似的，粗如大腿的樹枝被生硬地扭斷，樹葉像櫻花爆炸開來，飄散在我們頭上。我們傻愣愣地杵在原地，腦袋變成黏糊糊的一團，轉眼間天空落下更粗暴的雨，不，那已經不能稱之為雨，是完全沒有空隙的浪，一波又一波，我們像是在浪與浪之間沉浮。

ＹＯ的嘴型張張合合，像是對我說話，但我什麼也沒有聽見。下一秒，天空響起第二次巨大的雷聲。

我們緊緊拉著手，身體貼著山壁，雙腿發軟地蹲著，看著第二道落雷打在後方不到一步距離的草叢中。我們被夾在雷與雷中間了。

我對著ＹＯ慘白的臉大喊：「要往前走，大崩壁的路肯定斷了！不能回去！」好不容易扶著彼此站起來，大霧凝聚成濃密的窒息感，像是近處有誰不懷好意的窺探，我用力甩一甩頭，加快腳步往前衝。

陌生而充滿惡意的樹影，周圍的空氣變得固著，雨不分上下左右地打在身體、臉上、心裡，於是連自己是否存在都無法確定。

出發前那還有些微興奮的氣息，此刻已經蕩然無存。意識溼淋淋而不具體，連身體都模糊的時候，體溫也漸漸變低。此時步道是不是步道，前方是不是前方，我都失去了自信。

或許是山要我不要前進？或許閃電是山神在警告祂不歡迎？眼前沒有任何鼓勵我的暗號，雨水將所有訊息吞沒，什麼都進不來。

我心裡的聲音告訴我，我不能回去。沒有辦法回去了，我確信那條路已經崩毀了，我確信如果我回去，阻擋在我前面的黑暗會讓我墜落。大雨與濃霧混合的不詳，沒有任何曖昧影射，我只能往前走，就算那看起來像是山在阻止我。

失去距離與時間，抵達天池山莊的時候，天色已黑，我們坐在山屋外的長椅上，沉默地喘息。山屋裡的腳步聲匆匆忙忙，一位大哥衝到面前，著急地問來時路上，我們有沒有見到一個沒背背包、身穿淡藍色雨衣的女生。原來是有人失蹤了。

可我們一路走來好幾個小時，一直只有我們兩個人，什麼人影都沒有看見。大哥急忙吆喝幾個男生往步道尋去。灰撲撲的濃霧暴雨中，我們是否曾與那位女孩擦肩而過？魑魅魍魎是否正牽引著那位沒有背著背包的淡藍色雨衣女孩，靜悄悄地沿著迷魂般的雨走向哪裡呢？

在山裡，我經驗著現實生活裡不曾體驗的事情，於是那些事情便以各種不同的形式流進我的心中，混合著別的經驗，產生了奇異的變化。

我原本是一個實事求是、只看證據說話的人，但後來漸漸發現，太多事情難以證明。剛開始遇到這樣的狀況時，我經常迷惑不堪，還妄想著尋求一個真理或解釋，但生命是一個強悍的拳擊手，沒有錯過任何可以重創我的瞬間，一有鬆懈，就落下閃電般的重擊，拳拳到位，逼我不得不承認：生命有時就是沒有道理。

它就是要我繼續往前進，沒有任何道理。偶爾我忍不住停下來，也覺得自己似乎被雨擦拭掉了，漸漸透明。那座沉在心底的山，孤零零飄浮在雨水中，只剩下小小的山頂。

但，雨不會永遠下著。

過了四月，夏天像童話般亮晶晶地降臨。熱辣辣的陽光照在高大挺拔的松樹上，檸檬色的淡黃蝶以曖昧時的心跳頻率拍翅，小鳥清脆的啼聲此起彼落。羊齒蕨柔軟捲曲的淺綠色幼苗，青草尖上晶瑩未乾的露水，混著落葉的泥土尚未被太陽曬乾前，那潮溼溫暖而富有礦物的氣味。

雨，終於停了。

雨總是會下，
但終究會停。

後記——真正的力量

有時候我覺得自己脆弱萎縮，即將衰老僵化。沒有什麼可以給出去，也沒有什麼進得來。

這樣的日子並不少見，甚至愈來愈常見。最先開始是運動成績的退步。大部分的從前，成績是隨著時間持續進步的，這次的全馬是四小時五十分，下次成績便是四小時十五分，一直往前推進。某一年，就完全停住了。

再來是游泳的長度，然後是看書的速度。從一個月讀完十本，皆能寫出現在自己重讀都覺得精闢縝密的讀書筆記，到最近可能同時開啟好幾本，書房、客廳、浴室、床頭櫃、隨身的包裡、公司桌上散落各冊，每一張書籤的進度只往前幾頁，甚至是幾行，嚴肅慎重的人文社會學尤其落後。

《成為一個人》與《憂鬱的熱帶》在書櫃裡尖叫，我卻繾綣纏綿於詩集與張愛玲。

我覺得我似乎失去力量了。

身為一個寫字的人，當體力趕不上，睡眠趕不上，思緒趕不上，那麼靈魂便匱乏了。萎縮的不只是肌肉與靈性，還有「何謂我」的自覺，這並不是多爬幾座山就可以得到的，山可以沐浴你，寬恕你，但它不是萬靈丹，裝睡的人是叫不醒的。

面對這麼大的消磨，咬著牙，硬著心，努力地想不被耗損，無論如何正面樂觀的心，偶爾也是會萎縮荒蕪的。就像是二〇二〇年，疫情造成混亂拉扯的局勢，失控的道理和框架，一種真實在不同人的眼裡如此迥異，誰都給不起聊勝於無的安慰，那只會讓所有衝突加劇。

我想誠實，誠實於我的軟弱、我的動搖、我的濫情與我的荒謬。不管誠實的後果是什麼，我都不願意再戴著華麗的濾鏡活著，迴避著。

我絕非無所不能。曾經喚醒我的鯨魚，突然改變了赫茲，截斷了航道。聽不見太平洋深海底的歌聲，於是我就在洋流的系統中迷航。但我其實不應該感到害怕，我本來就什麼也沒有，不曾賣弄獰笑，也不曾貪婪搶奪誰霧翳隱匿的禁區。

迷失，也是一股力量。我長出屬於它的力量，而我準備喚醒它了。

我開始明白，不選擇也是一種選擇，而迷路也是一條路。

我開始懂得，那些以為被偷走的，只是我不再適合擁有，而生命會用另外一種形式讓我獲得。

我學習觀看、聆聽、嗅聞、觸碰，我願意理解「當下」不再是瞬間即逝，「此刻」永遠連接著亙古踏實的過去與飄浮虛幻的未來，而那便是我即將要進入的地方，不管彼時我曾築起多堅固的庇護所。

這股力量如此堅韌，在我軟弱的時候支撐我屹立，在我固著的時候催使我柔軟，使更好的我誕生。我不再為尋求踏實而固著，不因鄙視軟弱而佯裝堅強，不因想逃避而選擇遺棄，不為擔心孤單而不放手，更不因為想被愛而愛。

就算是迷路，那就讓我一直都在尋找的過程中吧。這一條生命的步道，就此在眼前展開。

沒有名字的那座山

作者——山女孩 Kit

資深編輯——陳嬿守
美術設計——王瓊瑤
行銷企劃——鍾曼靈
出版一部總編輯暨總監——王明雪

發行人——王榮文
出版發行——遠流出版事業股份有限公司
地址——104005 台北市中山北路一段 11 號 13 樓
電話——02-2571-0297
傳真——02-2571-0197
郵撥——0189456-1
著作權顧問——蕭雄淋律師

2021 年 5 月 1 日 初版一刷
定價——新台幣 350 元
（缺頁或破損的書，請寄回更換）
有著作權・侵害必究 Printed in Taiwan
ISBN —— 978-957-32-9071-1

國家圖書館出版品預行編目 (CIP) 資料

沒有名字的那座山 / 山女孩 Kit 著 . -- 初版 . -- 台北市 : 遠流出版事業股份有限公司 , 2021.05
面； 公分
ISBN 978-957-32-9071-1(平裝)

863.55　　110005024

遠流博識網
http://www.ylib.com
E-mail: ylib@ylib.com
遠流粉絲團
https://www.facebook.com/ylibfans